Die Kurtisane von Rom

Birgit Furrer-Linse

AF220722

Birgit Furrer-Linse

Die Kurtisane von Rom

Historischer Roman

Deutsche Erstausgabe
Deutscher Literaturverlag Hamburg 1991

Herstellung und Verlag:

BoD- Books on Demand, Norderstedt

ISBN: 9-783751-933704

1. Teil

Schweigend beobachtete Livia Orestilla, wie die wenigen Habseligkeiten, die man ihr erlaubt hatte, mit in die Verbannung zu nehmen, an Bord der kaiserlichen Galeere gebracht wurden. Zögernd suchte ihr Blick schließlich den Mann, der neben ihr stand und der ihr auf Befehl des Kaisers in die Verbannung folgen musste. Vergeblich versuchte sie in seinen harten Gesichtszügen, seinen dunklen trotzigen Augen etwas Tröstendes zu finden. Nichts als kalte Ablehnung stand in seinem Gesicht geschrieben.

Livia schauderte plötzlich. Wieder einmal fragte sie sich, wie es nur zu diesem Unglück hatte kommen können. Und schon wieder ertappte sie sich bei der törichten Hoffnung, aus dem Schlaf zu erwachen und festzustellen, dass all diese schrecklichen Ereignisse nur einem furchtbaren Alptraum entsprungen waren. Doch diese Hoffnung war natürlich nichts als Selbstbetrug. Es war eine unwiderrufliche Tatsache, dass sie hier stand, im Hafen von Ostia, bereit, jeden Augenblick an Bord des kaiserlichen Schiffs zu gehen, um nach Sardinien gebracht zu werden. Ebenso entsprach es der grausamen Wahrheit, dass der Mann neben ihr, der ihr noch vor wenigen Wochen seine Liebe und Zuneigung geschenkt hatte, sie nun verachtete und hasste. Ein kaum hörbares Schluchzen entrang sich Livias Kehle.

Gaius Calpurnius Piso bemerkte es nicht. Starr blickte er auf das Schiff, das ihn in eine ungewisse

Zukunft bringen würde. Sardinien – ein Ödland, auf das nur Verbrecher verbannt wurden. Doch welches Verbrechens war er schuldig? Was konnte Kaiser Caligula ihm vorwerfen? Gar nichts. Trotzdem musste er in die Verbannung gehen, zusammen mit dieser Frau, für die er nur noch Verachtung empfinden konnte. Und das, obwohl er in seinem Innern genau wusste, dass Livia Orestilla an dem Verhängnis, das sie beide getroffen hatte, ebenso unschuldig war wie er selbst.

Doch was nützt diese Erkenntnis? Sie konnte seinen Zorn und die Schmach, die er fühlte, nicht wegwischen. Livia Orestilla, seine Braut, sie war für ihn zu einer Unberührbaren geworden. Nichts würde ihn jemals dazu bringen können, die Ehe mit ihr zu vollziehen. Caligulas Schmutz hatte ihren Schoss für alle Zeit vergiftet. Zornig ballte Gaius Calpurnius Piso bei dem Gedanken an den Kaiser die Faust.

Niemals zuvor war einem vornehmen adligen Römer vom Kaiser übler mitgespielt worden. Der gute Name der Familie Piso war von Caligula in den Schmutz getreten worden. Wen wunderte es da, dass sich der Kaiser vor der Rache der Familie Piso fürchtete. Nur deshalb war zu der Schmach nun auch noch die Verbannung gekommen.

Erneut durchzuckte ein zorniges Beben Gaius Calpurnius´ Körper. Noch einmal wiederholte er seinen Schwur, der allein ihm in den letzten Tagen die Kraft gegeben hatte, all das durchzustehen.

„Ich werde zurückkehren, und ich werde mich rächen", murmelte er entschlossen vor sich hin.

Der Centurio, der vom Kaiser den Auftrag erhalten hatte, die Verschiffung der beiden Verbannten zu überwachen, riss Gaius Calpurnius Piso und dessen Frau Livia aus ihren trübsinnigen Betrachtungen.

„Es ist Zeit, an Bord zu gehen. Das Schiff ist auslaufbereit."

Gaius Calpurnius nickte finster. Dann ging er, gefolgt von dem einen Sklaven, den der Kaiser ihm als Diener zugebilligt hatte, stolz erhobenen Hauptes an Bord des Schiffs.

Livia Orestilla zögerte einen Augenblick. Flehend blickte sie Calpurnius nach, hoffte auf ein Zeichen, einen Wink, ein Wort von ihm. Doch er würdigte sie keines Blicks.

„Komm, Herrin." Tröstend nahm Vestasia, die Amme Livias, ihre Gebieterin in den Arm. „Versuche, ihn zu verstehen. Sein Stolz ist verletzt. Diese Wunde zu heilen braucht Zeit."

„Sie wird niemals heilen, Vestasia. Er wird niemals vergessen können."

Energisch löste Livia sich aus der Umarmung ihrer Amme und folgte Calpurnius an Bord des Schiffs. Sie brauchte keinen Trost. Wonach sie sich sehnte, war die Zuneigung und Wärme des Mannes, den sie liebte. Doch der verweigerte ihr sogar sein Verständnis.

Eine leichte Brise kam auf, als das Schiff gegen Mittag den Hafen von Ostia verließ. Sie machte die drückende Hitze des herannahenden Sommers ein wenig erträglicher. Wortlos stellte Livia sich neben ihren Mann, und beide verfolgten sie wehmütig, wie sich ihr Schiff immer weiter von der Küste Italiens entfernte. Beide beschäftigte sie in diesem Augenblick die gleiche Frage. Würden sie Rom, das Herz der Welt, wohl jemals wiedersehen? Diese tief im Innern verborgene Sehnsucht, irgendwann nach Hause zurückkehren zu können, war vielleicht die einzige Gemeinsamkeit, die sie noch hatten. Doch würde sie reichen, ihr Zusammenleben einigermaßen erträglich zu machen? Livia bezweifelte dies. Sie spürte, dass Calpurnius den Zorn, den er auf Caligula hatte, auch auf sie übertrug. Doch welche Schuld konnte er ihr vorwerfen? War es nicht Calpurnius selbst gewesen, der den Kaiser auf seine künftige Gemahlin aufmerksam gemacht hatte? Hatte er nicht bei jeder Gelegenheit die Schönheit und Tugendhaftigkeit seiner Braut gepriesen? Wen wunderte es da, dass Caligula neugierig geworden war, die Einladung zur Hochzeit angenommen hatte?

Was diese Einladung für Folgen haben würde, konnte natürlich auch Calpurnius nicht ahnen. Noch immer fragte Livia sich, was den Kaiser wohl veranlasst haben mochte, sich während der Trauungszeremonie plötzlich an ihre Seite zu drängen und dem erstaunten Bräutigam zu drohen: „Wage es nicht, meine Braut zu berühren." Hatte der Kaiser diesen Auftritt geplant, oder hatte er einer plötzlichen Laune nachgegeben? Letzteres erschien Livia wahrscheinlicher. Jedenfalls stand fest, dass Caligula sie an diesem Tag an Stelle des Gaius Calpurnius Piso geheiratet hatte.

Doch war das ihre Schuld? Was hätte sie dagegen tun können? Keiner der Anwesenden hatte es gewagt, sich dem Kaiser in den Weg zu stellen, auch nicht Gaius Calpurnius. Wie hätte da ausgerechnet sie, ein sechzehnjähriges unerfahrenes Mädchen, dem Beherrscher der Welt Einhalt gebieten können?

Noch immer schauderte Livia bei der Erinnerung daran, wie es dann weitergegangen war. Niemand war ihr zu Hilfe gekommen, als der Kaiser sie aus dem Haus des Piso in seinen Palast entführt hatte. Dort hatte sie ihm vier Tage und Nächte zu Willen sein müssen. Noch jetzt erbebte Livia vor Scham, wenn sie nur daran dachte, auf welch widerwärtige Art Caligula sich an ihr befriedigt hatte. Doch schon bald hatte ihn ihre jungfräuliche Scheu, die den Kaiser in den ersten Stunden durchaus gereizt haben mochte, gelangweilt. Nach diesen grässlichen vier Tagen hatte er sie einfach aus dem Bett werfen und sich von ihr scheiden lassen. Von seinen Dienern war sie in eine Sänfte gesetzt und zum Haus des Gaius Calpurnius Piso getragen worden.

„Hier sende ich dir deine Braut zurück. Sie ist nicht der Mühe wert. Du kannst sie also beruhigt heiraten. Mein kaiserlicher Segen begleitet euch", hatte der Kaiser dem betrogenen Bräutigam ausrichten lassen.

Natürlich hatte Gaius Calpurnius Piso sich geweigert, sie noch zu heiraten. Doch die darauffolgende Strafandrohung des Kaisers gegen ihn und seine Familie hatte eine weitere Weigerung bald unmöglich gemacht. Widerstrebend hatte Calpurnius dem Befehl des Kaisers schließlich gehorcht. Dass er dabei nur seine eigene Demütigung gesehen und die ihre völlig außer Acht gelassen hatte, konnte Livia erst nicht begreifen. Doch schon bald war ihr klar geworden, dass sein männlicher Stolz wohl größer sein musste als seine Liebe zu ihr. Drei Tage nach der Eheschließung, die nie vollzogen wurde, war im Senat auf Betreiben des Kaisers der Beschluss ihrer beider Verbannung ergangen.

Nun stand sie hier, neben dem Mann, den sie liebte und der für sie unerreichbar geworden war. Sich die ganze Tragweite ihres Unglücks vor Augen führend, fiel es Livia sichtlich schwer, die Fassung zu wahren. Allein das Wissen, dass Calpurnius neben ihr stand, verbot ihr, sich ihrem Kummer hinzugeben.

Diese schrecklichen vier Tage, die sie der Laune eines Kaisers hatte opfern müssen, hatten ihr Leben zerstört. Tief in ihrem Innern wusste Livia genau, dass sie für den Rest ihres Lebens für diesen Streich des Kaisers würde büßen müssen. Er hatte ihr Leben ruiniert, kaum dass es begonnen hatte. Wofür lohnte es sich nun, überhaupt weiterzumachen? Warum stand sie hier, neben dem Mann, der sie nicht mehr liebte? Sie wusste es nicht. Welche unsichtbare Kraft hielt sie nur davon ab zu tun, was die Ehre gebot? Ihr Tod würde keine Lücke hinterlassen. Niemand würde ihr eine Träne nachweinen, weder Calpurnius noch ihre Familie. Über alle hatte sie Schande gebracht.

Wie hypnotisiert starrte Livia in die graugrünen Fluten, die das Schiff umspülten. Ein Sprung würde genügen, und es wäre vorbei. Vielleicht konnte nur ihr Tod den Flecken der Schande fortwaschen. Livia atmete schwer. Sie fühlte, dass sie es jetzt tun musste. Später würde sie die Kraft dazu nicht mehr aufbringen.

Der dumpfe Aufschlag eines Körpers auf das Wasser riss Gaius Calpurnius Piso aus seinen Gedanken. Einen Augenblick verharrte er wie erstarrt.

Es war Livia, die gesprungen war, deren feingliedriger Körper sich kampflos dem Meer ergab. Sie war den Weg der Ehre gegangen, den zu gehen er zu feige gewesen war. Ja, er hätte Selbstmord begehen sollen, statt sich dem Willen des Kaisers zu beugen. Doch er hatte es nicht getan. Ihm hatte die Kraft dazu gefehlt. Und nun zeigte ihm dieses junge Mädchen, eher noch ein Kind, was Haltung bedeutete. Und warum tat sie das?

Gaius Calpurnius schauderte davor, sich diese Frage zu beantworten. Sie hatte es für niemanden anderen als für ihn getan. Doch das durfte er nicht zulassen. Diese Schuld konnte er nicht auch noch tragen. Beherzt sprang er ins Wasser, gefolgt von vier Legionären des Kaisers, um den zierlichen Körper Livias dem Meer wieder zu entreißen.

Es dämmerte bereits, als Livia in ihrer Kabine zu sich kam. Ein wenig benommen blickte sie sich um. Wo war sie? Sie war doch gesprungen, um endlich alles hinter sich zulassen. Wieso hatten die Götter Roms ihr Leben nicht angenommen? Noch einmal würde sie die Kraft für eine solche Tat gewiss nicht aufbringen. Ihr Blick begegnete dem Vestasias, die sie erleichtert anlächelte.

„Jetzt wird alles gut, geliebte Herrin. Den Göttern sei Dank, dass dir nichts weiter geschehen ist."

„Wieso habt ihr mich nicht gelassen, wo ich war? Warum musstet ihr mich zurückholen?", schluchzte Livia.

„Es war der gnädige Herr, der dich aus den Fluten gezogen hat."

„Gaius Calpurnius?" Ungläubig blickte Livia ihre Sklavin an. „Warum hätte er das tun sollen?"

„Oh Herrin. Welche Frau versteht schon die Männer. Es ist wahr, er war es, der dir das Leben gerettet hat. Sobald du dich besser fühlst, möchte er dich sehen."

Livia schaute ihre Amme durchdringend an. Sagte sie wirklich die Wahrheit, oder wollte sie ihr nur eine trügerische Hoffnung geben?

„Er möchte dich wirklich sehen, und er schien mir sehr besorgt um dich."

„Sag ihm, dass ich ihn nicht sehen will. Er soll mich in Ruhe lassen."

„Was soll das, Herrin? Irgendwann wirst du ihm doch gegenüberstehen müssen. Sei also vernünftig. Es ist höchste Zeit, dass ihr wieder miteinander redet. Und nie war die Gelegenheit zu einer Aussprache für dich günstiger als jetzt. Dein Selbstmordversuch hat den Herrn tief getroffen. Er weiß nur zu genau, dass sein Verhalten dir gegenüber die Ursache dafür war. Nutze also deine momentane Position und komm zu einer Übereinkunft mit ihm."

„Zu einer Übereinkunft?" Livia schluchzte leise vor sich hin. „Wie soll das möglich sein? Mein Anblick wird ihm jedes Mal erneut die Schande ins Gedächtnis zurückrufen. Wie kann ich mich da mit ihm einigen?"

„Sei nicht töricht, Herrin. Dein Problem ist, dass du ihn noch immer liebst. Aber diese Liebe ist er gar nicht wert. Wo war er, als Caligula dich raubte? Hat er dich verteidigt, wie es seine Pflicht gewesen wäre? Er tat es nicht. Deshalb hat er am allerwenigsten das Recht, dir Vorwürfe zu machen. Und du darfst dich deswegen nicht länger grämen. Ich rate dir noch einmal, einige dich mit ihm. Ihr werdet für eine lange Zeit nebeneinander her leben müssen. Dein Selbstmordversuch hat ihn der Vernunft und Einsicht nähergebracht. Nutze diese Gelegenheit."

„Nicht jetzt. Ich kann ihn jetzt nicht sehen."

„Glaub mir, das wäre ein Fehler, Herrin. Im Augenblick ist er tief erschüttert. Das macht ihn nachgiebig. Darum musst du jetzt mit ihm reden. Er wird dir alle nur erdenklichen Zugeständnisse machen. Verlange von ihm, dass er dir die Achtung entgegenbringt, die der Herrin des Hauses gebührt. Und sage ihm, dass du dich sobald wie möglich von ihm scheiden lassen wirst."

„Aber ich will mich doch gar nicht scheiden lassen."

Vestasia lächelte wissend. „Trotzdem lasse es ihn glauben. Halte zu ihm Abstand. Zeige ihm nicht, wie sehr du ihn noch immer liebst. So wirst du ihn dir am schnellsten gefügig machen."

Traurig schüttelte Livia den Kopf. „Er wird mich niemals mehr lieben können. Das weiß ich genau. Aber trotzdem sollte ich deinen Rat vielleicht befolgen. Schick ihn herein."

Als Gaius Calpurnius kurze Zeit später die Kabine Livias betrat, war ihm deutlich anzusehen, dass er noch immer unter dem Schock stand, in den Livias Selbstmordversuch ihn versetzt hatte.

„Fühlst du dich wieder wohl?" Die Frage kam gepresst über seine Lippen. Verlegen steckte er dabei die Hände in den Gürtel, der seine Tunika hielt.

„Danke", antwortete Livia, erneut den Tränen nahe. Da stand er nun vor ihr, der Mann, der ihr noch vor wenigen Wochen ewige Liebe und Treue geschworen hatte, der sein Herz in ihre Hände gelegt hatte. Ein Fremder war er geworden, der weder die Worte noch den Mut fand zu sagen, was gesagt werden musste. Trotzig schluckte Livia ihre Tränen hinunter. Vielleicht sollte sie wirklich auf Vestasia hören. Da seine Liebe zu ihr unwiderruflich gestorben schien, was blieb ihr da noch anderes, als Vernunft walten zu lassen?

„Du wolltest mit mir reden, Gaius Calpurnius. Bitte! Sprich! Ich werde dir zuhören. Doch lass mich dir vorher etwas sagen. Ich hätte es schon längst gesagt, wenn du mir die Gelegenheit gegeben hättest. Doch seit Caligula mich in dein Haus zurückbringen ließ, hast du es ja vermieden, mit mir ein Wort zu wechseln. Sei's drum. Vielleicht habe ich nicht das Recht, dir deswegen Vorwürfe zu machen. Ebenso habe ich wahrscheinlich das Recht verwirkt, dich an deine Liebesschwüre erinnern zu dürfen. Ich werde es ertragen, obwohl ich nicht weiß, was du mir eigentlich vorwerfen kannst. Ich bin nicht freiwillig mit dem Kaiser gegangen. Und ich habe mich mit aller Kraft gewehrt, als er mich das erst Mal nahm. Doch ich befürchte fast, das hat seine Lust an diesem Streich nur erhöht. Doch was soll's noch. Ich möchte an diesen schrecklichen Tag nicht mehr erinnert werden. Ungeschehen hingegen kann ich nichts machen. Ich…"

„All das weiß ich, Livia. Ich weiß auch, ich hatte kein Recht, dich derart herablassend zu behandeln, wie ich es getan habe. Vergib mir bitte. Ich verspreche, es nie wieder zu tun, auch wenn das die Angelegenheit für mich noch schwerer macht. Ab sofort werde ich dich mit der Achtung und Ehrerbietung behandeln, die dir als meiner Frau zukommt."

Livia nickte traurig. Sie spürte, mehr konnte sie nicht verlangen. Doch es war nicht das, was sie sich wünschte.

„Ich werde dem Kaiser schreiben und ihn um eine Scheidung bitten. Irgendwann wird er meine Bitte gewähren."

Ein schmerzliches Lächeln umspielte für einen Augenblick Calpurnius' Mund.

„Du bist eine wunderbare Frau, Livia. Wie sehr wünschte ich, ich könnte all das ungeschehen machen. Verflucht sei der Kaiser!" Ein zorniges Zucken verhärtete plötzlich die Gesichtszüge Calpurnius'. „Natürlich habe ich nicht das Recht, dir Vorschriften zu machen. Wenn du unter den nun einmal gegebenen Umständen eine baldige Scheidung willst, verstehe ich das. Trotzdem bitte ich dich, auf meinen Rat zu hören. Schreibe Caligula nicht. Lass ihn uns vergessen. Das ist im Augenblick unser bester Schutz."

„Du fürchtest, er könnte uns noch mehr antun wollen?"

„Auf einen Wink dieses Verrückten wird uns die Kehle durchgeschnitten. Aber ich will nicht sterben, Livia, nicht, bevor ich mich gerächt habe."

„Es ist gefährlich, so etwas auch nur zu denken."

Ein zorniges Blitzen erhellte Calpurnius' Augen.

„Es ist auch gefährlich, Wahnsinnigen die Macht in die Hände zu legen. Gewiss, ich gebe zu, als Caligula vor einem Jahr den Thron bestieg, war auch ich von ihm begeistert. Es schien auch am Anfang so, als ob die jahrelange Schreckensherrschaft des Tiberius endlich durch einen vernünftigen Kaiser beendet werden würde. Caligula arbeitete für das Volk, und das Volk liebte ihn dafür. Doch dann wurde er krank. Diese Krankheit muss den Wahnsinn, der wohl schon immer in ihm geschlummert hat, zum Ausbruch gebracht haben. Nach seiner Krankheit ist er grausam und unberechenbar geworden. Die Einzige, die ihn noch einigermaßen in Zaum halten kann, ist seine Schwester Drusilla. Mit Sicherheit haben wir es ihrem Einfluss zu verdanken, dass wir noch leben. Armes Rom! Seit es von Kaisern regiert wird, ist es dem Verfall geweiht. Nur eine Rückkehr zur alten Ordnung kann es noch retten."

Gaius Calpurnius' Stimme war immer lauter geworden. Erschreckt von dem Eifer und Feuer seiner Worte fuhr Livia zusammen.

„Schweig! Bei den Göttern, Calpurnius, sprich nicht weiter. Wenn einer dort draußen deine Worte hört, ist unser Leben verwirkt."

„Nun." Gaius Calpurnius lächelte bitter. „Wenn nicht ich, so wird ein anderer diesem Wahnsinn ein Ende setzen. Tyrannen hat Rom jedenfalls schon mehr als genug gesehen."

Livia nickte erschöpft. „Gewiss hast du recht. Trotzdem solltest du deine Zunge besser in Zaum halten. Auch diese Wände könnten Ohren haben."

„Ich weiß. Dennoch tut es gut, die Wahrheit einmal ausgesprochen zu haben. Ich danke dir, dass du mir zugehört hast. Und ich bitte dich noch einmal, mir zu verzeihen. Ich wünschte wirklich, ich könnte dir mehr als meine Achtung bieten."

Livia spürte den tiefen Stich, den Calpurnius' Worte ihrem Herzen versetzten. Trotzdem brachte sie die Kraft auf zu erwidern: „Vielleicht kann aus dieser Achtung irgendwann echte Freundschaft werden."

Gaius Calpurnius nickte zustimmend. „Vielleicht, Livia. Überlassen wir diese Entscheidung der

Schicksalsgöttin, die uns so übel mitgespielt hat. Ich gehe jetzt, damit du dich ein wenig ausruhen kannst."

Schweigend folgte Livias Blick Calpurnius. Deutlich spürte sie den Krampf, der ihr Herz umklammerte. Wie sehr liebte sie diesen Mann doch.

Kaum zwei Monate später traf das Schicksal Livia erneut mit seiner ganzen Härte. Fassungslos starrte sie von der Terrasse der kleinen, baufälligen Villa, die sie und Calpurnius auf Sardinien bezogen hatten, aufs Meer hinaus. Das Entsetzen, das in ihrem Herzen tobte, ließ den Schmerz, der ihr Herz verkrampfte, noch immer nicht zum Ausbruch kommen. Die Befürchtungen, die sie seit Wochen gequält hatten, waren nun zur traurigen Gewissheit geworden. Ihr Zusammensein mit dem Kaiser war nicht ohne Folgen geblieben. Sie erwartete ein Kind. Doch noch immer wehrte sich alles in Livia gegen diesen Gedanken. Wie sollte sie dieses Kind austragen, würde sie es doch nie lieben können?

Livia zweifelte plötzlich nicht mehr daran, dass sie von den Göttern verflucht war. Kaum hatte sich ihr Zusammenleben mit Gaius Calpurnius einigermaßen normalisiert, hatten sie beide einen Weg gefunden, sich trotz der vergangenen Vorkommnisse mit Respekt und Achtung zu begegnen, da musste das Schicksal sie erneut strafen. Livia schauderte bei dem Gedanken an Calpurnius. Wie würde er diese Neuigkeit aufnehmen? Würde sie abermals seine ganze Verachtung treffen? Die Aussöhnung mit Calpurnius, die ihr noch vor kurzem möglich erschienen war, war nun abermals in unerreichbare

Ferne gerückt. Wie sollte er Liebe für sie empfinden können, wenn vor seinen Augen in ihrem Leib das Kind jenes sadistischen Verrückten wuchs? Tränen stiegen Livia in die Augen und rannen ungebändigt über ihre Wangen.

„Nun, was hat der Arzt gesagt? Hat er einen Grund dafür gefunden, dass dir ständig übel ist? Hat er den Verdacht, dass Gift im Spiel sein könnte?"

Die Stimme Calpurnius´, erfüllt von aufrichtiger Besorgnis, ließ Livia zusammensinken. Wie sollte sie ihm nur gegenübertreten und ihm die grausame Wahrheit gestehen?

„Bitte Calpurnius, lass mich allein. Ich kann jetzt nicht mit dir reden", schluchzte Livia vor sich hin, das Gesicht weiter starr auf das Meer gerichtet, um seinem Blick nicht begegnen zu müssen.

„Dann ist es also wirklich etwas Ernstes?"

Calpurnius zuckte kaum merklich zusammen. Die Sorge um Livias Gesundheitszustand, die dauernde Übelkeit, die sie in den letzten Wochen befallen hatte, hatten ihm auf merkwürdige Weise deutlich gemacht, wie viel ihm noch immer an dieser Frau lag. Ohne ihre Gesellschaft konnte er sich ein Leben in dieser Einöde kaum noch vorstellen. Entschlossen ging er auf sie zu, drehte sie zu sich herum und blickte in ihre großen, feuchten Augen.

„Sag mir, was mit dir los ist. Ich muss es wissen, Livia."

„Oh Calpurnius! Heute wünsche ich mir mehr als jemals zuvor, du hättest mich damals ertrinken lassen. Es wäre für uns alle besser gewesen. Wie soll ich nun weiter mit dir unter einem Dach leben können, wie dir in die Augen sehen und dabei..." Schluchzend brach

Livia den Satz ab. Sie fand weder die Kraft noch den Mut, Calpurnius die Wahrheit zu sagen. Ungeduldig, von Angst und Sorge erfüllt, schüttelte Calpurnius Livia sacht.

„Sag mir, was der Arzt gesagt hat. Ich bin dein Mann. Ich habe ein Recht, es zu erfahren."

„Ich kann es dir nicht sagen. Ich schäme mich so sehr. Ich möchte dich nicht schon wieder verletzen."

„Livia, du musst es mir aber sagen." Forschend blickte Calpurnius seine Frau an. „Nichts kann so schlimm sein, dass wir damit nicht fertig werden könnten."

„Doch", antwortete Livia, plötzlich von einer unheimlichen Ruhe erfüllt. Ihre großen dunklen Augen starrten an ihm vorbei ins Leere, so, als könnte sie dort etwas sehen, was anderen verborgen blieb. „Fast jede Nacht wache ich schreiend auf, Calpurnius. Im Traum ist er bei mir und lacht mich wieder höhnisch an. Seine langen, ekelerregenden Finger greifen erneut nach mir, um mich endgültig in den Abgrund zu ziehen. Bis heute hoffte ich, irgendwann würde all dies aufhören. Irgendwann musste sich doch der Schleier des Vergessens über diese vier Tage senken. Jetzt weiß ich, dass ich mich geirrt habe. Ich werde niemals vergessen können. Das, was in mir zu neuem Leben heranreift, wird mich auf ewig an meine Schande erinnern. Doch noch mehr. Irgendwo tief in meinem Innern fühle ich, dass ich meinen Tod in mir trage."

Endlich wand sich Livias Blick Gaius Calpurnius zu. In ihren großen entsetzten Augen lagen Angst und Schrecken. „Ja, Calpurnius, ich weiß, ich bin verflucht, ebenso wie das Kind, das ich in mir trage."

21

Gaius Calpurnius´ Stirn zog sich in Falten. Was sagte Livia da? Das konnte doch nicht wahr sein. Seine Frau trug Caligulas Kind. –

Es dauerte einige Zeit, bis Calpurnius den ersten Schock überwunden und sich die ganze Tragweite dieser neuen Situation vor Augen geführt hatte. Forschend suchte er schließlich Livias Blick. Da war es wieder, jenes merkwürdige, widersinnige Gefühl, das sich gegen seinen Willen seiner bemächtigte. Niemals zuvor war ihm Livia schöner erschienen. Wie verletzlich und schutzbedürftig sie doch war. Calpurnius war klar, dass sie ihn jetzt mehr brauchte als jemals zuvor. Unter keinen Umständen durfte er sie noch einmal verraten.

„Ich werde dem Kaiser schreiben. Ich bin sicher, jetzt wird er in unsere Scheidung einwilligen."

„Ja, das wird er wohl tun. Doch was wird dann aus dir werden?"

Caius Calpurnius scharfer Verstand sagte ihm, dass Caligula nicht ewig regieren würde. Der Kaiser hatte sich bereits zu viele Römer zu Feinden gemacht. Wenn er ermordet werden würde, würden auch Livia und deren Kind in den Sog der Vernichtung gezogen werden. Das Kind eines Kaisers, ganz gleich wie alt es war, war nun einmal von Bedeutung, weil es als möglicher Erbe auftreten konnte.

„Das darfst du nicht tun, Livia, unter keinen Umständen. Bitte vergiss, wie ich dich nach unserer Hochzeit behandelt habe. Ich hoffe sehr, dass du es kannst. Mein dummer männlicher Stolz war gekränkt. Das war es wohl, was meinen Verstand für einige Zeit gelähmt hat. Aber jetzt sehe ich wieder klar. Wenn bekannt wird, dass du vom Kaiser ein Kind erwartest, ist über kurz oder lang unser aller Leben in Gefahr. Darum darf niemand erfahren, dass es Caligulas Kind ist. Nach römischem Recht bin ich der Vater, denn du bist meine Frau. Dabei sollten wir es belassen. Das ist mein Rat, Livia."

Livia war von der Reaktion Calpurnius' völlig überrascht. „Warum willst du das für mich tun? Ich weiß, du hasst den Kaiser. Warum willst du dann trotzdem sein Kind anerkennen?"

Gaius Calpurnius antwortete sachlich: „Dafür gibt es etliche gute Gründe, Livia. Der erste und wichtigste ist, dass ich nicht will, dass dir etwas zustößt. Aber es ist auch ein bisschen Rache dabei. Selbst wenn Caligula ahnt, dass es sein Kind ist, nehme ich ihm durch die Anerkennung der Vaterschaft jede Möglichkeit, sein Recht auf dieses Kind geltend zu machen. Vor allem aber bin ich davon überzeugt, dass Caligula keine Zukunft hat. Sein Tod ist nur eine Frage der Zeit. Ein solcher Kaiser ist eine Schande für das römische Imperium. Und mit dem Kaiser wird auch dessen Familie fallen. Glaub mir, Livia, es ist besser, hier in der Verbannung das Ende Caligulas abzuwarten, als in Rom mit ihm zu sterben."

Nachdenklich durchforschte Livias Blick Calpurnius' Gesicht. „Was liegt dir an mir und diesem Kind?", fragte sie schließlich unsicher.

„Ich will dir ehrlich antworten, Livia. Ich bin mir über meine Gefühle zu dir immer noch nicht recht im Klaren. Deshalb rate ich dir jetzt nur als aufrichtiger Freund. Mehr kann ich dir im Augenblick nicht bieten. Gib mir Zeit. Manchmal vollbringt sie Wunder. Als ich dich heiraten musste, war ich davon überzeugt, ich könnte dich nur noch hassen. Ich habe nur meine Schande gesehen und darüber völlig vergessen, was dir angetan worden ist. Doch seit wir hier zusammenleben, hat sich an meinen Gefühlen für dich vieles verändert. Ich weiß nicht, ob die Liebe, die ich einmal für dich empfunden habe, jemals wieder zurückkehren wird. Aber eins ist sicher. Dein Schicksal ist mir nicht gleichgültig."

Ein Gefühl des Glücks durchströmte Livia plötzlich. Eben noch war ihr alles leer und hoffnungslos erschienen. Doch nun sprach Gaius Calpurnius von Liebe. Sollte es denn wirklich möglich sein, dass sich ihr Schicksal noch einmal wenden ließ? Die kleinste Aussicht darauf genügte Livia bereits, um neuen Mut zu fassen. Natürlich würde sie Gaius Calpurnius´ Weisungen folgen. Sie würde ihn zum Vater ihres Kindes machen und schweigen. Das Geheimnis würde bei ihr gut aufbewahrt sein.

Mit der fortschreitenden Schwangerschaft Livias wuchs in Gaius Calpurnius die Gewissheit, dass er auf einem brodelnden Vulkan saß. Dieses Kind, sollte es ein Junge werden, hatte einen legitimen Anspruch auf Caligulas Nachfolge. Damit hatte er, Piso, eine starke Waffe in der Hand, die er jederzeit dem römischen Senat präsentieren konnte. Doch es war auch eine gefährliche Waffe, die den Besitzer selbst treffen konnte. Im Augenblick war es darum wichtig, die Schwangerschaft Livias so geheim wie möglich zu halten. Doch Calpurnius war natürlich klar, dass Caligula trotz aller Vorsicht irgendwann davon erfahren würde. Unter ihren wenigen Dienern waren mehrere kaiserliche Spitzel.

Immerhin war zu hoffen, dass ihm bis dahin an dem Kind ebenso wenig wie an Livia selbst liegen würde. Calpurnius wusste, im Augenblick konnte er nur abwarten. Die spärlichen Nachrichten, die aus Rom nach Sardinien drangen, überzeugten Calpurnius bald immer mehr davon, dass Caligulas Tage als Kaiser von Rom gezählt waren. Schon bald nach der Scheidung von Livia hatte er Lollia Paulina geheiratet. Aber auch diese Ehe hatte nur kurz gehalten. Immer mehr schien der Kaiser seiner Schwester Drusilla zu verfallen. Dass er mit ihr ebenso wie mit seinen beiden andern Schwestern, Agrippina und Livilla, schon immer blutschänderische Beziehungen unterhalten hatte, war in Rom nichts Neues. Doch dass er nun allen Ernstes vom Senat verlangt hatte, ihm die Erlaubnis zu erteilen, Drusilla zu heiraten, brachte das Maß des Zumutbaren allmählich zum Überlaufen. Immer lautere Stimmen hatten sich gegen Caligula erhoben. Trotzdem wäre diese Ehe wahrscheinlich zustande gekommen, wäre Drusilla nicht vorher einer der vielen Seuchen, die Rom im Sommer stets heimsuchten, erlegen.

Drusillas überraschender Tod schien dem Kaiser die letzte Vernunft geraubt zu haben. Seine zunehmende geistige Verwirrung machte nun nicht einmal mehr vor der eigenen Familie halt. Es wurde behauptet, dass er seine Großmutter Antonia vergiftet, seinen ersten Schwiegervater Silanus in den Freitod getrieben und seinen Stiefbruder Tiberius von gedungenen Mördern beseitigen lassen habe. Sein letzter bekanntgewordener Schlag war gegen seine Schwester Agrippina gerichtet. Ohne ersichtlichen Grund hatte er sie in die Verbannung geschickt. In

Rom rätselte man bereits, wer als Nächster den Launen des Kaisers zum Opfer fallen würde. Niemand fühlte sich mehr seines Lebens sicher. Wie lange wohl würden die Römer diesen Kaiser noch ertragen?

Während in der Hauptstadt der offene Konflikt zwischen Kaiser und Adel immer unausweichlicher zu werden schien, kam Livia unbehelligt von kaiserlichen Schergen auf Sardinien nieder. Die letzten Monate ihrer Schwangerschaft waren für sie besonders beschwerlich gewesen. Ihr Leib war überdurchschnittlich gewachsen, sodass ihr gegen Ende der Schwangerschaft jede Bewegung Mühe bereitete. Allein die ständige Anwesenheit Calpurnius', die freundliche Aufmerksamkeit, die er ihr unablässig entgegenbrachte, hatten ihr geholfen, ihr schweres Los tapfer zu ertragen.

Doch selbst Calpurnius' Lächeln konnte Livia nicht über die Tatsache hinwegtäuschen, dass nicht nur sie Angst hatte. Alles hing davon ab, wie Caligula auf die Geburt des Kindes reagieren würde.

Die Nachricht, die wenige Tage vor Livias Niederkunft bei ihnen eintraf, schwächte ihre Sorge nur ein wenig ab. Man berichtete, dass der Kaiser zum vierten Mal geheiratet habe. Cäsonia, die neue Gemahlin des Kaisers, war ebenfalls guter Hoffnung. Doch trotz dieser scheinbaren Wende, die ihr Kind für Caligula unbedeutend machen musste, wich die Angst nicht von Livias Seite. Eigentlich war es nichts als eine unbestimmbare Ahnung, die sie das Fürchten lehrte.

Diese Furcht übertrug sich auf geheimnisvolle Weise auf Calpurnius. Vielleicht war diese Angst der Grund dafür, dass Livia sich kurz vor der Niederkunft mit ihrer Amme Vestasia in das von ihrem Haus nicht weit entfernte römische Kastell begab, um den dort lebenden Auguren über die Zukunft ihres Kindes zu befragen.

Die Antwort, die sie erhielt, erschreckte Livia noch mehr. Nachdem der Augur auf dem Altar ein Schaf geopfert und die Eingeweide des Tiers überprüft hatte, war er entsetzt vor ihr zurückgewichen.

„Mann und Frau, Licht und Schatten, Glück und Leid, Liebe und Hass, Vernunft und Wahnsinn, Kampf und Vernichtung, all das trägst du in dir. Die Götter sein dir gnädig, Frau", hatte er gestammelt.

Der geheimnisvolle Spruch des Auguren beschäftigte Livia noch in der Stunde der Geburt. Doch vergeblich versuchte sie, einen Sinn darin zu entdecken. Nur dass es kein guter Spruch war, das war ihr klar. Wie sollte auch etwas Gutes aus dem Samen dieses verkommenen Kaisers entstehen? Fest davon überzeugt, dass sie das Kind, das sie gebären würde, niemals würde lieben können, ertrug Livia den Schmerz der Geburt wie eine Sühne, die sie endlich vom Schmutz des Kaisers reinwaschen würde.

Die Sonne strahlte hell am Horizont, als ihr Vestasia schließlich einen gesunden Knaben in den Arm legte. Und noch während Livia das kleine, runzlige Gesicht betrachtete, fühlte sie, wie wenig sie bisher von der angeborenen Liebe einer Mutter zu ihrem Kind gewusst hatte. Wie hatte sie nur glauben können, dazu fähig zu sein, dieses hilflose kleine Etwas jemals zu hassen? Was zählte der Vater? Dies war ihr Kind.

„Warum nur wollen die Schmerzen nicht nachlassen?", fragte sie Vestasia mehr verwundert als verängstigt, während sie das kleine Wesen zärtlich an sich drückte.

Vestasias Gesicht verzog sich sorgenvoll. Wenn sie doch nur nach einem Arzt schicken könnte! Doch in der ganzen Umgebung gab es keinen. Wie um ihre Sorge noch zu unterstreichen, schlug das Wetter plötzlich um. Wolken verdunkelten den Himmel. Ein Sturm kam auf. Nur gelegentliche Blitze erhellten noch das schwarze Wolkenband. Vestasia erschauderte.

Wenig später wusste sie, warum Livia noch immer über Wehen klagte. Beherzt griff sie nach dem Kopf, der sich zwischen Livias Schenkeln einen Weg zu bahnen suchte. Kurze Zeit später hielt sie ein kleines Mädchen in den Händen. Behutsam wusch sie es, bevor sie es Livia ebenfalls reichte.

„Zwillinge, Herrin, es sind Zwillinge. Und sie sind beide gesund. Ganz gleich, was der Augur gesagt hat, das muss ein gutes Zeichen sein. Wurde Rom nicht von den Zwillingen Romulus und Remus gegründet?"

„Ja", flüsterte Livia. „Und der eine Bruder brachte den anderen um." Ängstlich blickte Livia von einem Kind zum anderen. Die plötzliche Erkenntnis traf sie wie ein Schock. Nun verstand sie die Worte des Auguren. Trotzdem konnte sie nicht anders. Sie liebte beide Kinder.

Die Nachricht von der Ermordung Caligulas, seiner Frau Cäsonia und deren gemeinsamer Tochter löste bei Gaius Calpurnius die Hoffnung aus, dass die Zeit ihrer Verbannung sich ihrem Ende näherte. Vier Jahre der Angst und des Schreckens lagen hinter Rom. Nun hing für das Imperium alles davon ab, wer der neue Machthaber im Reich wurde. Würde endlich ein fähiger Mann die Regierung des Landes übernehmen, oder würden sich Verfall und Tyrannei weiter fortsetzen?

Gaius Calpurnius Piso glaubte, seinen Ohren nicht zu trauen, als er erfuhr, dass der allgemein als verrückt geltende Onkel des ermordeten Kaisers die Nachfolge seines Neffen angetreten hatte.

„Was ist nur los mit diesem Rom?", entfuhr es ihm zornig. „Ein Schwachkopf wird durch einen noch größeren Schwachkopf ersetzt."

„Sei mit deinen Äußerungen vorsichtig, Calpurnius", erwiderte Livia warnend. „Unser Schicksal hängt jetzt von diesem Schwachkopf, wie du ihn nennst, ab. Im Übrigen war Claudius früher bei uns im Haus des Öfteren zu Gast. Damals gewann ich den Eindruck, dass er gar nicht so verrückt ist, wie er sich gibt."

Widerwillig schüttelte Calpurnius den Kopf. „Wer oder was auch immer er sein mag, er ist jedenfalls nicht der Mann, den Rom jetzt gebraucht hätte."

„Immerhin lässt er uns bestimmt zurückkehren."

„Vielleicht. Ich werde noch heute ein Bittgesuch an ihn schreiben. Das dritte Jahr sind wir jetzt auf dieser schrecklichen Insel. Das ist mehr als genug."

Ein wehmütiges Lächeln huschte über Livias Gesicht.

„Und wenn er dir deine Bitte gewährt, Calpurnius, was wird dann aus uns werden? Hast du dir darüber schon einmal Gedanken gemacht?"

„Das wird an unserer Beziehung zueinander gewiss nichts ändern. Du bist meine Frau", versicherte Calpurnius.

Nachdenklich blickte Livia ihren Mann an. Sie zweifelte nicht einen Augenblick daran, dass er sie wirklich liebte. Doch hatte sie diese Liebe nicht vielleicht ausschließlich der aufgezwungenen Einsamkeit dieser Insel zu verdanken? Würde er sie noch lieben, wenn er seinen Fuß wieder frei auf den Boden Roms gesetzt hatte? War Rom nicht das Zentrum der Sünde und des Lasters? Wie leicht konnte ein Mann dort fremdem Zauber erliegen. Doch noch weit mehr als Calpurnius' künftige Gefühle zu ihr beunruhigte sie die Frage, was aus ihren Kindern werden würde. Livia wusste nur zu genau, wie wenig Calpurnius an Marcus und Julia lag. Ihr Anblick erinnerte ihn ständig an die Demütigung, die Caligula ihm zugefügt hatte. Gewiss, trotz allem schützte er die Kinder durch seinen Namen. Doch würde er sie auch noch schützen, wenn seine Liebe zu ihr einmal nachließ?

Der Gedanke an die ungewisse Zukunft ihrer beiden Kinder erschreckte Livia. Nach Caligulas Tod war ihr Leben nichts mehr wert, sollte je jemand die Wahrheit über ihre Abstammung herausfinden.

„Manchmal weiß ich nicht, ob ich mir wirklich wünsche, von hier fortzugehen. Das Leben hier ist zwar karg, aber ruhig und friedlich. Hier sind wir weit weg von all den Intrigen und Machtkämpfen Roms."

Calpurnius erriet ihre Furcht, die die veränderte Lage in Livia hervorrufen musste. „Du weißt, du kannst dich auf mich verlassen. Ich werde immer der Vater deiner Kinder sein."

„Aber sie werden heranwachsen, Calpurnius, und dann wird man vielleicht sehen können, wessen Kinder sie sind. Jetzt, da ich ein Kind von dir erwarte, da…"

„Ich schwöre es dir, Livia, bei allem, was mir heilig ist, ich werde dich und deine Kinder immer zu schützen wissen. Auch das Kind, das du erwartest, wird daran nichts ändern."

Livia lächelte unsicher. „Ich glaube dir ja, Calpurnius", antwortete sie ein wenig erleichtert. Doch trotz allem wollte die Furcht nicht von ihrer Seite weichen.

Nach drei Jahren, zwei Monaten und vier Tagen setzten Gaius Calpurnius Piso und dessen Ehefrau Livia ihren Fuß wieder auf italienischen Boden. Eine der ersten Amtshandlungen des neuen Kaisers Claudius war es gewesen, die meisten von Caligula verhängten Verbannungsurteile und Haftstrafen wieder aufzuheben.

Gaius Calpurnius strahlte über das ganze Gesicht, als er im Hafen von Ostia an Land ging. „Sieh dir das an, Livia. Genieße es. Wir sind wieder in der Zivilisation."

Gewiss, es war ein Anblick, der auch Livias Herz höherschlagen ließ. Aus den entferntesten Provinzen des Reichs lagen Schiffe vor Anker, deren vielfältige Waren in Rom auf den Markt gebracht wurden. Welch krasser Unterschied war dies zu der Einsamkeit, die sie in den letzten drei Jahren umgeben hatte. Wie schwer war es doch gewesen, auf Sardinien einen brauchbaren Stoff oder gar einen silbernen Armreifen oder ähnliches zu erwerben. Hier gab es alles im Überfluss. Und trotzdem wollte in Livia keine rechte Freude aufkommen. Jeder in Rom kannte ihre Geschichte. Wie würde sie dort wohl empfangen werden, mit Spott und Hohn oder gar mit einem mitleidigen Lächeln? Wie würde das Wiedersehen mit der Familie verlaufen?

Selbst wenn Calpurnius sich öffentlich zu ihr bekannte, würde seine Familie nicht dennoch auf eine Scheidung drängen? Mit trauriger Gewissheit wurde Livia plötzlich klar, dass sie und Calpurnius von nun an nicht mehr allein Herr über ihr Schicksal sein würden. Der größte Schutz vor einer Anfeindung von außen schien ihr im Augenblick das Kind zu sein, das sie unter dem Herzen trug. Bald würde sie die Mutter eines richtigen Piso sein, dessen Herkunft niemand würde in Frage stellen können. Darauf beruhte ihre ganze Hoffnung.

„Marcus! Julia! Kommt her. Gebt Vestasia die Hand, damit ihr in dem Gedränge nicht verloren geht."

Belustigt beobachtete Livia die erstaunten Blicke der Kinder, die niemals zuvor einen solchen Trubel gesehen hatten und deren Augen von Moment zu Moment größer zu werden schienen.

Calpurnius sandte einen Sklaven aus, um Träger für das Gepäck und eine Sänfte für Livia zu beschaffen. Während sie, auf die Rückkehr des Sklaven wartend, dastanden, blieb plötzlich eine von kaiserlichen Soldaten bewachte Sänfte vor ihnen stehen. Die Vorhänge wurden zurückgezogen und freundlich lächelnd trat ihnen Agrippina, die Schwester Caligulas, entgegen.

„Welch ein Zufall, euch hier zu begegnen, Gaius Calpurnius und Livia. Hat Kaiser Claudius euch ebenfalls begnadigt?"

Calpurnius nickte zurückhaltend, während er Agrippina nachdenklich betrachtete. Wie hatte sie sich verändert! Die früher so üppige Frau sah jetzt ausgezehrt und abgemagert aus. Die Zeit der Verbannung schien ihr schwer zugesetzt zu haben. Die früher so sanften Züge ihres Gesichts zeigten nun Härte und Entschlossenheit. Doch wen wunderte das nach allem, was diese Frau mitgemacht hatte. Unter Kaiser Tiberius hatte sie jeden Tag um ihr Leben fürchten müssen. Kaum war er gestorben, hatte der eigene Bruder ihr Leben erneut bedroht. Wie viel Angst um sich und ihren Sohn musste Agrippina in den letzten Jahren ausgestanden haben! Doch trotz allem war sie mit ihren noch nicht ganz dreißig Jahren eine durchaus schöne und begehrenswerte Frau, eine Frau, mit der man noch immer rechnen musste. Wider seiner persönlichen Einstellung zu Agrippina konnte Calpurnius doch ein gewisses Mitgefühl für die Schwester Caligulas nicht leugnen.

„Ja, auch wir durften endlich zurückkehren", antwortete er kurz.

„Der Tod meines Bruders ist wohl unser aller Rettung gewesen. Doch welch merkwürdiger Zufall. Eine verstoßene Schwester und eine verstoßene Gattin kehren gemeinsam aus der Verbannung zurück. Ich werde die Auguren fragen, was das zu bedeuten hat."

Einem inneren Drang folgend, wich Livia plötzlich einen Schritt zurück. Sie war Agrippina bisher nur einmal während ihrer viertägigen Ehe mit Caligula begegnet. Doch schon damals hatte sie eine tiefe

Abneigung gegen diese Frau empfunden. Sie hatte etwas Verschlagenes, Hinterhältiges an sich, das Livia auch jetzt wieder erschauern ließ.

Ungeachtet Livias merkwürdigem Schweigen fuhr Agrippina sogleich fort: „Wie ich sehe, habt ihr noch keine festen Pläne für eure Weiterreise. Ich würde mich daher freuen, euch über Nacht auf mein Schiff einladen zu dürfen. Es wäre für mich eine Wohltat, nach der langen Zeit der Verbannung endlich wieder einmal mit gebildeten, zivilisierten Menschen zu Abend speisen zu können."

Calpurnius zögerte mit seiner Antwort einen Moment. Die Einladung Agrippinas auf ihr Boot war ihm zwar nicht gerade angenehm. Doch es wäre einer Beleidigung gleichgekommen, sie abzulehnen. Und was Calpurnius im Augenblick am wenigsten brauchen konnte, waren neue Feinde. Agrippina war die Nichte des jetzigen Kaisers. Ihre künftige Bedeutung bei Hof war noch nicht abzuschätzen. Darum wollte er sie nicht verärgern.

„Wir nehmen deine Einladung dankend an."

„Gut, ich erwarte euch. Dort drüben, das Boot mit dem kaiserlichen Wappen, das ist das meine."

„Wir werden kommen."

Agrippina lächelte zum Abschied noch einmal flüchtig. Dann stieg sie in ihre Sänfte, ließ den Vorhang zufallen, und wenige Augenblicke später war sie im Gedränge verschwunden.

„Ich wünschte, wir würden gleich weiterreisen", flüsterte Livia, nachdem Agrippina außer Hörweite war.

„Mir ist es auch nicht lieb. Aber ich konnte ihr Angebot unmöglich ablehnen."

Livia nickte wissend. „Ich verstehe durchaus. Sie ist die Nichte des Kaisers. Es wäre unklug, sie zu verärgern."

Doch trotz dieser Einsicht wollte Livia die Aussicht auf Agrippinas Gesellschaft nicht so recht gefallen. Eine innere Stimme warnte sie vor dieser Frau, die das harte Leben, das sie bisher hatte führen müssen, kalt und unberechenbar gemacht hatte.

Nachdenklich lehnte Agrippina sich auf ihre Kissen zurück. Welch sonderbares Zusammentreffen! Das konnte kein Zufall sein. Hatte ihr Wahrsager ihr heute Morgen nicht eine bedeutende Entdeckung prophezeit? Konnte diese vielleicht mit der eben stattgefundenen Begegnung zusammenhängen? Für einen Augenblick vergaß Agrippina die Sorge um ihren Sohn, den sie nun fast drei Jahre nicht mehr gesehen hatte. So genau wie möglich versuchte sie sich die Geschehnisse, die mit dieser verrückten Hochzeit ihres Bruders zusammenhingen, ins Gedächtnis zurückzurufen. Doch sie fand keinen Anhaltspunkt, der ihr bedeutend erschien. Ganze vier Tage hatte diese Eskapade ihres Bruders gedauert. Dann hatte er an Livia die Lust verloren gehabt.

Livia und Calpurnius waren in die Verbannung geschickt worden, da der Kaiser Calpurnius´ Rache gefürchtet hatte. Damit war für Caligula der Fall abgeschlossen gewesen. Es lohnte sich nun wohl kaum, der Geschichte weiter nachzugehen. Und doch wollte diese Angelegenheit Agrippina plötzlich nicht mehr aus dem Kopf. Mehr als es die Vernunft eigentlich erlaubte, vertraute sie seit langem den

Voraussagen ihrer Sterndeuter und Wahrsager. Hatten sie ihr nicht verkündet, dass sie aus der Verbannung zurückkehren würde? Hatten sie nicht vorausgesehen, dass Caligula schon bald eines gewaltsamen Todes sterben würde?

Doch vor allem hatten sie ihr prophezeit, dass ihr Sohn Lucius Domitius Ahenobarbus einmal Kaiser des römischen Imperiums werden würde, wandte sie nur genügend Geschick und Voraussicht auf, seinen Weg zu bereiten. Agrippina zweifelte keinen Augenblick an der Wahrheit dieser Prophezeiung. Jetzt, da Caligula tot war, würde sich das Schicksal ihres Sohns erfüllen. Claudius war alt und hinfällig und leicht zu beeinflussen. Gewiss, sie würde bei ihm klug vorgehen müssen, um etwas zu erreichen. Doch nichts im Leben war Zufall. Alles hatte eine Bedeutung, einen Sinn, den jedoch nur die Wissenden erfassen konnten. Und darum konnte es auch kein Zufall sein, dass die ersten Menschen, die ihr auf römischem Boden begegneten, Calpurnius und Livia waren. Sie würde schon noch herausfinden, welche Entdeckung ihr das Schicksal enthüllen wollte.

Noch immer von einer inneren Erregung erfüllt, begab sich Agrippina zwei Stunden später an Deck ihres Schiffs, auf dem alles für ein ausschweifendes Mahl vorbereitet worden war. Doch obwohl Agrippina es nicht an Wein und Charme fehlen ließ, verlief der Abend in äußerst gezwungener Atmosphäre. Agrippina entging es nicht, dass Calpurnius zwar höflich, aber doch sehr zurückhaltend war, während Livia fast gar nichts sagte. Beiden war deutlich anzusehen, dass sie sich in ihrer Gesellschaft nicht sonderlich wohl fühlten. Doch weshalb nur? Machten sie es ihr heimlich zum Vorwurf, dass sie die Schwester jenes Tyrannen war, der ihnen bei ihrer Hochzeit so übel mitgespielt hatte? Aber weshalb noch immer dieser Vorwurf, schienen die beiden doch trotz allem glücklich geworden zu sein? Livia erwartete ein Kind von Calpurnius. Und dann waren da ja auch noch jene beiden anderen Kinder, die gleich nach…

Wie ein Blitz durchzuckte es Agrippina. Ein Blick auf die beiden friedlich am Boden spielenden Kinder genügte ihr, um die Wahrheit zu erkennen. Diese Kinder waren nicht Calpurnius´ Kinder. Jeder andere mochte dies vielleicht glauben, doch sie nicht. Sie kannte die Augen ihres Bruders, den manchmal träumerischen, dann wieder stechenden Ausdruck darin. Die Augen des Jungen waren seine Augen, also waren dies seine Kinder.

Es war gar nicht mehr nötig, nach dem Alter der beiden Kinder zu fragen, um Nachforschungen anzustellen. Das hätte nur offenkundig werden lassen, dass sie die Wahrheit entdeckt hatte. Doch im Augenblick erschien es Agrippina weitaus klüger, ihr Wissen für sich zu behalten. Zu gegebener Stunde würde sie handeln. Jetzt konnte sie geduldig abwarten. Während Agrippina äußerlich völlig ruhig die Unterhaltung fortsetzte, dankte sie innerlich erneut ihren Auguren, die sie durch ihre Prophezeiung auf eine große Gefahr aufmerksam gemacht hatten.

Wie ein Fluch, der das römische Imperium treffen sollte, ging die Neuigkeit durch die Stadt, dass Kaiser Claudius seine Nichte Agrippina heiraten würde. Der greise Kaiser hatte durch die Fürsprache des Lucius Vitellius vom Senat die Erlaubnis erhalten, Agrippina trotz bestehender Blutsverwandtschaft heiraten zu dürfen.

Welch ein sagenhafter Aufstieg dieser Frau, nachdem noch vor wenigen Monaten niemand mehr etwas für ihr Leben und das ihres Sohns gegeben hätte!

Ihr Sohn Lucius stand nach Britannicus, dem Sohn des Claudius und der Messalina, an zweiter Stelle der Thronfolge. Diese Tatsache hatte sie zur natürlichen Feindin der Kaiserin Messalina gemacht. Mehr als einmal hatte Messalina bereits versucht, Lucius töten zu lassen. Sicher wäre ihr dies auch noch gelungen, wenn sie nicht vorher über ihr lasterhaftes Leben gestolpert wäre, das Claudius keine andere Wahl gelassen hatte, als seine Frau hinrichten zu lassen.

Mit Messalinas Tod war Agrippinas Stern am Hof aufgegangen. Es war ihr ein Leichtes gewesen, sämtliche Rivalinnen auszustechen und den greisen, allmählich senil werdenden Claudius für sich zu gewinnen. Dass Claudius mit dieser Heirat sein eigenes Todesurteil unterschreiben würde, ahnten viele seiner Freunde im Voraus. Doch Claudius wollte von all den Warnungen nichts wissen. Der senile, doch immer noch lüsterne Kaiser hatte sich viel zu sehr von den Reizen Agrippinas einfangen lassen, um die Gefahr noch erkennen zu können.

Agrippina hatte nur ein Ziel im Auge. Sie wollte ihren Sohn an Stelle des Britannicus auf den Thron setzen. Um das zu erreichen, schreckte sie vor keinem Mittel zurück, nicht einmal davor, den tölpelhaften, stotternden, durch Kinderlähmung entstellten Onkel zu ehelichen.

„Jetzt hat sie es geschafft. Nun steht ihrer Ehe mit Claudius nichts mehr im Weg", fluchte Calpurnius zornig, aus dem Senat kommend. „Du wirst sehen, Livia, jetzt, da sie am Ziel ihrer Wünsche ist, wird sie ihr wahres Gesicht zeigen. Ich bin wirklich gespannt, wer ihr erstes Opfer wird."

„Bist du jetzt nicht ein wenig voreilig, Calpurnius? Noch vor Monaten hast du sie und ihren Sohn bedauert. Nun, da sich ihr Schicksal gewendet hat, bist du plötzlich ihr erklärter Feind. Warum, Calpurnius? Was hat sie getan, dass du sie plötzlich mit deinem Hass verfolgst?"

„Bis jetzt noch nichts, Livia. Aber schon bald wird sich das geändert haben. Der Kaiser ist nicht mehr Herr seiner geistigen Kräfte. Der Heirat mit Agrippina wird die Adoption ihres Sohns durch Claudius folgen. Und damit fällt er über seinen eigenen Sohn das Todesurteil."

„Aber du selbst hast doch gesagt, dass Britannicus nicht zum Kaiser taugt. Ist er nicht Epileptiker?"

„Gewiss. Aber Lucius taugt dazu ebenso wenig. Er ist ein Träumer, ein Fantast. Nach Claudius wird darum nicht er regieren, sondern Agrippina. Und die ist eine lasterhafte, hinterhältige Schlange. Es ist zwar nur ein Gerücht, aber ich bin davon überzeugt, dass es stimmt. Agrippina soll ihren eigenen Sohn verführt haben, während sie sich mit ihm in einer Sänfte durch Rom tragen ließ. Die Flecken an Lucius Tunika, als er aus der Sänfte stieg, sollen dies eindeutig bewiesen haben. Warum wohl, glaubst du, tut Agrippina das? Ich will es dir sagen. Sie will ihn sich hörig machen.

Und wie ich sie kenne, wird ihr das auch gelingen. Sieh nur, wie gut es diese Frau versteht zu planen. Kaum war Messalina tot, da starb auch völlig überraschend und auf bis heute ungeklärte Weise Agrippinas zweiter Ehemann Crispus Passienus. Jeder in Rom weiß, dass sie ihn vergiftet hat. Doch keiner wagt es mehr, das auszusprechen."

„Ich weiß, Calpurnius, ich weiß. Doch weder du noch ich können etwas gegen diese Entwicklung tun."

„Nein, Livia, das ist nicht richtig. Wo wären wir heute, wenn es nicht schon immer Männer gegeben hätte, die bereit waren, ihr Leben für die richtige Sache aufs Spiel zu setzen."

Calpurnius´ Blick löste sich für einen Augenblick von seiner Frau, wanderte durch den Garten, verweilte eine Zeitlang bei seinem Sohn Titus und wanderte dann weiter zu Marcus, der im Schatten des Säulengangs sitzend einige Schriftrollen studierte. Julia, die unweit von ihm am Springbrunnen saß, blickte verträumt vor sich hin. Merkwürdig, wie unterschiedlich die beiden doch waren. In den letzten Monaten, nach dem Fall Messalinas, hatte Calpurnius sie nicht mehr aus den Augen gelassen. Julia hatte sich zu einem sanften, liebenswürdigen, verträumten Mädchen entwickelt, das in seiner eigenen Welt zu leben schien, während Marcus sich zu einem vielversprechenden, energischen, selbstbewussten, an allem interessierten Jungen entwickelt hatte. Beide würden sie bald zehn Jahre alt werden. Doch obwohl sie beide völlig unterschiedliche Charaktere besaßen, verband sie eine geheimnisvolle, merkwürdige Zuneigung zueinander. Calpurnius lächelte zufrieden. Nein, er musste es nicht bereuen, diese beiden Kinder geschützt zu haben. Sie hatten mit Caligula nichts gemein.

„Wir könnten etwas ändern, Livia", flüsterte er, sich vorsichtig umblickend. „Haben wir nicht einen Sohn, der von seiner Abstammung her ebenso viel Recht auf den Titel Cäsar hat wie Britannicus oder Lucius? Vielleicht wäre er ein würdiger Herrscher?"

„Calpurnius." Livias Augen weiteten sich vor Entsetzen. „Sprich davon nie wieder. Ich bitte dich. Es ist zu gefährlich, an so etwas auch nur zu denken."

„Vielleicht, vielleicht aber auch nicht. Lass uns abwarten, Livia. Solange Claudius lebt, sind keine Entscheidungen zu fällen."

„Wenn er tot ist, auch nicht, Calpurnius", entgegnete Livia energisch. Dann fügte sie etwas sanfter hinzu. „Titus Husten hat sich verschlimmert. Der Arzt rät dringend zu einer Luftveränderung. Wir sollten Rom für einige Wochen verlassen. Auch dir würde das sicher guttun. In unserem Haus bei Antium wirst du ein wenig Zerstreuung finden. Du machst in letzter Zeit die Probleme des Staats zu sehr zu deinen eigenen."

Calpurnius nickte zustimmend, obwohl ihn der Vorschlag Livias eigentlich nicht sonderlich begeisterte.

„Zum Jahreswechsel werden wir reisen, einverstanden?"

Livia gab sich damit zufrieden.

Doch es kam anders, als die beiden geplant hatten. Ein neuer Skandal hielt Calpurnius in Rom zurück, sodass Livia mit den Kindern allein nach Antium reisen musste.

Der junge Silanus, trotz seiner siebzehn Jahre bereits Prätor, hatte um die Hand der jüngsten Tochter des Claudius, der zweijährigen Oktavia, angehalten. Daraufhin hatte Agrippina das Gerücht verbreiten lassen, dass der junge Mann mit seiner eigenen Schwester verkehrt habe. Durch zensorisches Edikt war der junge Silanus daraufhin aus dem Senatorenstand ausgeschlossen worden. Da dies das Ende seiner Karriere bedeutete, beging er drei Tage nach dem Edikt Selbstmord. Agrippina feierte, noch nicht mit Claudius verheiratet, bereits ihren ersten großen Sieg, denn der greise Kaiser gab nun seine Einwilligung zur Verlobung Oktavias mit Agrippinas Sohn Lucius. Durch diese Verlobung war Agrippina ihrem Ziel wieder ein Stück nähergekommen.

Während Calpurnius in Rom bestrebt war, diesen Skandal genauer zu untersuchen, ahnte er nicht, dass Agrippina bereits zu ihrem nächsten Schlag ausholte. Und dieser Schlag war gegen ihn gerichtet.

Wie jeden Abend ging Livia mit ihren drei Kindern am Meer spazieren. Besonders Titus tat die frische Meeresluft gut. Doch obwohl sie sich bei diesen Spaziergängen stets von zwei germanischen Sklaven begleiten ließ, fühlte sie sich an diesem Abend aus irgendeinem Grund nicht sicher. Zwar war weit und breit niemand zu sehen. Trotzdem konnte Livia sich des Gefühls nicht erwehren, dass sie beobachtet wurden. Dieses Gefühl war es dann auch, das sie veranlasste, auf eine frühe Rückkehr ins Haus zu drängen.

„Titus, komm. Es wird kühl. Wir wollen zurückkehren."

„Schau da, Mama. Ein Schiff, und was für ein großes."

Trotz des Rufs seiner Mutter war Titus fasziniert stehen geblieben. Auch Livia, Marcus und Julia waren nun auf den Segler, der in einer entfernten Bucht vor Anker lag, aufmerksam geworden.

„Wenn ich nicht genau wüsste, dass die Piraten es niemals wagen würden, hier, ganz in der Nähe Roms, ihr Unwesen zu treiben, würde ich fast glauben, dass es sich um ein Piratenschiff handelt", meinte Marcus verwundert.

„Unmöglich", antwortete Livia. „In diesen Gewässern gibt es keine Piraten."

Doch ihre Angst wuchs plötzlich. Sie spürte instinktiv, dass Gefahr drohte.

„Kommt, lasst uns zurückkehren", trieb sie die Kinder an. „Mir gefällt dieser Segler dort draußen nicht."

„Keine Angst. Mutter. Nur noch die nächste Biegung, dann sind wir da", versuchte Marcus seine Mutter zu beruhigen.

Doch Livias Furcht steigerte sich dennoch zur Panik. Sie lief nicht mehr, sie rannte fast, den kleinen Titus an der Hand nach sich ziehend. Plötzlich, wie aus dem Unsichtbaren kommend, zischten Pfeile durch die Luft. Die beiden Germanen, die sie begleitet hatten, sackten lautlos in sich zusammen. Livia entfuhr ein schmerzerfüllter Schrei. Ein Pfeil steckte in ihrer Schulter. Sogleich sickerte dunkelrotes Blut aus der Wunde. Sich ungläubig umschauend, ließ sie Titus´ Hand los. Was dann geschah, ging so schnell, dass Livia alles erst viel später richtig begriff. Hinter einem Felsen stürzte eine Schar Piraten hervor, die sie und ihre Kinder packten, fesselten und dann zu einer hinter einer Klippe versteckten Barkasse schleppten. Selbst die getöteten Germanen nahmen die Piraten mit sich, um ihre Leichen wenig später mit Steinen beschwert im Meer zu versenken. Dann ruderten die Piraten weiter zu dem Segler, auf den sie ihre Gefangenen, die beiden Frauen getrennt von den Jungen, in Kabinen sperrten.

Bis tief in die Nacht hinein bewahrte sich Livia, zu deren schmerzender Schulter Fieber hinzugekommen war, die Hoffnung, dass man sie alle gegen ein stattliches Lösegeld wieder freilassen würde. Doch diese letzte Hoffnung zerschlug sich jäh, als sie in der Morgendämmerung eine weitere Barkasse am Segler anlegen hörte. Mit ihr waren, den Stimmen nach zu urteilen, ein Mann und eine Frau an Bord gekommen.

„Wahrscheinlich zwei weitere Gefangene, die Lösegeld einbringen sollen", stöhnte Livia unter Schmerzen. Doch dann überlegte sie schweigend weiter. Wenn sie wirklich als Geiseln dienen sollten, warum kam dann niemand und versorgte ihre Wunde? Tot würde sie kein Geld mehr bringen.

Verzweifelt tastete sie im Dunkel nach ihrer Tochter Julia. Doch die rührte sich nicht. Starr vor Entsetzen blickte das Mädchen geistesabwesend vor sich hin. Kein Laut war seit dem Überfall über ihre Lippen gekommen. Gewiss hatte Julia einen schweren Schock erlitten. Livia fragte sich besorgt, ob das sensible Mädchen jemals über die Geschehnisse dieser Nacht hinwegkommen würde.

Völlig unerwartet stieß plötzlich jemand die Tür zu ihrer Kabine auf. Entsetzen überkam Livia, als eine Fackel den Raum erleuchtete. Sie glaubte ihren Augen nicht zu trauen, als sie in Agrippinas Gesicht und das ihres Günstlings, des Freigelassenen Pallus, blickte.

Ein zufriedenes Lächeln umspielte den grausamen Mund der künftigen Kaiserin des römischen Imperiums.

„Du weißt, warum ihr hier seid und warum ihr sterben müsst?", fragte Agrippina kalt.

Livia schüttelte verzweifelt mit dem Kopf. „Nein. Warum? Was haben wir getan?"

„Oh Livia, du Heuchlerin. Andere hast du vielleicht täuschen können, aber nicht mich. Marcus und Julia sind Caligulas Kinder. Das wusste ich vom ersten Augenblick an, da ich sie sah. Doch bis vor kurzem hat es mich nicht sonderlich gestört, dass sie lebten. Nun aber, da mein Sohn auf dem besten Weg ist, der nächste römische Imperator zu werden, wäre es äußerst unklug, deine Kinder weiter am Leben zu lassen. Wie wichtig mir euer Tod geworden ist, siehst du schon allein an der Tatsache, dass ich mich selbst hierherbemüht habe, um zu überprüfen, dass alles in meinem Sinn verläuft."

An den Anführer der Piraten, einen gewissen Sabinus, gewandt, fuhr sie fort: „Dein Gold hast du bekommen. Nun führe deinen Auftrag bis zum Ende aus. Verlasse diese Gegend sofort. Ich bin sicher, dass man am Morgen beginnen wird, nach den Verschwundenen zu suchen. Es wäre nicht gut, wenn man noch eine Spur finden würde. Auf hoher See lässt du die vier dann verschwinden. Ich verlasse mich auf dich."

45

„Dass du dich auf mich verlassen kannst, habe ich schon mehr als nur einmal bewiesen."

„Das hoffe ich auch diesmal, in deinem eigenen Interesse." Siegesbewusst verließ Agrippina die Kabine, die hinter ihr erneut verriegelt wurde. Kurze Zeit später bemerkte Livia, dass der Segler sich in Bewegung gesetzt hatte. Sich der Ausweglosigkeit ihrer Situation bewusst werdend, begann sie leise vor sich hin zu schluchzen.

„Mutter!" Julias verängstigte Stimme beruhigte sie ein wenig. „Was hat sie gemeint? Warum will sie uns töten?"

Livia schluckte schwer. Was hatte es jetzt noch für einen Sinn zu lügen? Ihre Schulter brannte wie Feuer. Das Fieber schüttelte ihren Körper. Bald würde sie keinen klaren Gedanken mehr fassen können.

„Bevor ich euren Vater heiratete, ich meine Calpurnius, war ich vier Tage mit Kaiser Caligula verheiratet. Ihr seid legitime Kinder des Kaisers. Um euch zu schützen, hatten Calpurnius und ich beschlossen, die Wahrheit geheim zu halten. Aber Agrippina muss uns trotz aller Vorsicht durchschaut haben. Und Agrippina hat allen Grund, Marcus zu fürchten. Er hat ebenso viel Anspruch auf den Thron wie Britannicus. Calpurnius hatte recht. Agrippina wird nicht eher Ruhe geben, bis sie alle beseitigt hat, die ihrem Sohn gefährlich werden können."

„Was haben sie wohl mit uns vor?"

„Sie werden uns im Meer verschwinden lassen. Dafür hat Agrippina sie bezahlt."

Livia brach schluchzend zusammen. Der Schmerz in ihrer Schulter wurde immer unerträglicher. Sie fühlte, dass ihre Stunden gezählt waren. Immerhin würde es ihr erspart bleiben, den Tod ihrer Kinder mitansehen zu müssen.

Eine Ewigkeit saß Julia neben ihrer sterbenden Mutter und starrte verständnislos ins Leere. Caligula, dieser überall als Ungeheuer, als Wahnsinniger verschriene Kaiser, sollte ihr Vater sein? Das wollte und konnte sie nicht glauben. Trotzdem musste es wohl wahr sein, denn weswegen sonst würden sie alle sterben müssen?

Verzweifelt zerrte Julia an ihren Fesseln. Doch sie lockerten sich kein bisschen. Was hätte sie jetzt darum gegeben, Marcus bei sich zu haben, um mit ihm über dieses gelüftete Geheimnis sprechen zu können. Nun würde sie ihr Wissen mit ins Grab nehmen. Aber vielleicht war das auch besser so. Warum sollte sie ihrem Bruder das antun? Warum ihm erzählen, dass ein Verrückter ihr Vater gewesen war? Nein, er sollte in dem Glauben sterben, der Sohn eines ehrbaren Senators zu sein.

Julias gefesselte Hände griffen nach dem kleinen Anhänger, den sie um den Hals trug. Er stellte die Zwillinge Romulus und Remus dar. Das Gegenstück dazu trug Marcus um den Hals. Von einer unnatürlichen Ruhe erfüllt, lehnte Julia sich schließlich zurück, den Anhänger fest an sich drückend. Was auch immer geschehen würde, er würde ihr die nötige Kraft geben, es durchzustehen. Er würde sie im Diesseits ebenso wie im Jenseits mit Marcus verbinden.

Horchend lauschte Julia in die Dunkelheit hinein. Neben ihr war der Atem der Mutter verstummt. Julia wusste, dass sie tot war. Sie hatte sterben müssen, damit Agrippinas Sohn Kaiser werden konnte. Ein unbändiger Hass stieg in Julia auf. Auch Titus, Marcus und sie würden deswegen sterben müssen. Zornig verfluchte Julia Agrippina und deren Sohn.

Wie viele Tage Julia in der Dunkelheit der Kabine zugebracht hatte, wusste sie nicht genau. Irgendwann hatten die Piraten den Leichnam der Mutter entfernt, und einige Male hatte man ihr zu essen und zu trinken gebracht. Schließlich hatte man sie aus der Dunkelheit ans Licht gezerrt. Mit zusammengekniffenen Augen hatte sie sich umgeschaut. Sie waren nicht mehr auf dem Meer. Das Schiff lag in einem Hafen. Auch Marcus und Titus waren an Deck gebracht worden. Obwohl Marcus Hände mit Ketten auf dem Rücken gebunden waren, wehrte er sich, so gut er konnte, was ihm jedoch nur eine endlose Zahl von Hieben einbrachte.

„Ganz ruhig, mein Junge, ganz ruhig." Sabinus schaute ihn spöttisch lachend an. „Vergeude deine Kraft nicht allzu sehr. Du wirst sie noch brauchen. Ich bin bereits reichlich für euch entlohnt worden, und zwar dafür, dass ich euch töte. Doch ich bin nun einmal ein Menschenfreund. Und es wäre ja wohl auch eine Vergeudung, drei so prächtig gewachsene Kinder zu töten, wenn sie mir doch auf dem Sklavenmarkt eine hübsche Summe einbringen würden. Was macht es für einen Unterschied, ob ihr getötet oder versklavt werdet? Rom werdet ihr nie wiedersehen. Bringt sie zu Crassus. Der zahlt für gute Ware immer einen guten Preis."

Auf einen Wink des Sabinus stieß jemand Julia an. Ihr folgten Marcus und Titus. Voll Sorge nahm Julia wahr, dass sich Titus´ Husten verschlimmert hatte. Hilfesuchend blickte sie zu Marcus, in dessen Augen sich die ganze Wut, die in ihm brodelte, widerspiegelte. Doch er stand seinem Schicksal ebenso hilflos gegenüber wie sie.

„Wo sind wir?", fragte er einen der Piraten, der ihn unbarmherzig vor sich her stieß.

„In Delos", antwortete dieser, „dem größten Umschlagplatz für menschliche Ware in dieser Gegend. Hierher kommen Händler aus allen Ländern der Welt. Einmal abgesehen von dem Kleinen, der eine schwache Gesundheit zu haben scheint, werdet immerhin ihr beide ein gutes Stück Geld bringen."

„Warum wendet ihr euch nicht an Gaius Calpurnius Piso? Ich bin sicher, er würde euch besser bezahlen als diese Sklavenhändler."

„Sei froh, dass Sabinus dich überhaupt am Leben gelassen hat. Ich hätte es nicht gewagt."

Mit dieser Antwort musste Marcus sich zufriedengeben.

Wenig später befanden sie sich im Haus des Sklavenhändlers Crassus. Durch die Halle gelangten sie in einen großen Hof, auf dem die Ware des Händlers, an Pfähle gekettet, zur Ansicht bereitstand. Julia schauderte. Marcus, der ihr Entsetzen bemerkt hatte, trat neben sie.

„Hab keine Angst, Julia. Ganz gleich, was passiert, ich werde dich irgendwie wieder herausholen. Ich schwöre es dir. Weißt du, was sie mit Mutter vorhaben?"

Ausdruckslos starrte Julia ihren Bruder an.

„Sie ist tot, Marcus. Sie haben sie vor Tagen ins Meer geworfen. Sie ist an ihrer Wunde gestorben."

Marcus´ knabenhafte Gesichtszüge verhärteten sich. Etwas Männliches trat in sein Gesicht.

„Ich werde sie rächen. Ich schwöre es. Wenn ich nur wüsste, warum man uns das angetan hat. Wer steckt hinter dieser Gemeinheit?"

Agrippina – dachte Julia. Doch sie sagte es Marcus nicht. Dieses Wissen konnte ihm im Joch der Sklaverei doch nicht weiterhelfen. Es würde nur sein Herz verhärten und ihm sein Los noch schwerer machen. Nein, für ihn war es besser, wenn sie schwieg.

Wenig später stand ein dicker, seiner Kleidung nach zu urteilen syrischer Händler vor ihnen und betrachtete sie eindringlich.

„Noch etwas sehr jung. Werden erst in zwei Jahren richtig zu gebrauchen sein."

„Nun, sieh genauer hin."

Mit zwei raschen Schnitten durchtrennte einer der Piraten Julias Kleid, sodass sie völlig nackt den kalten, lüsternen Blicken des Händlers preisgegeben war. Julia stieg die Schamröte ins Gesicht.

„Ein wirklich vielversprechender Körper und noch völlig unberührt."

Prüfend betrachtete der Syrer sie von allen Seiten und fasste schließlich zwischen ihre Schenkel, um festzustellen, ob die Angaben des Piraten auch stimmten.

Marcus war außer sich vor Zorn. Doch vergeblich versuchte er, der Schwester zur Hilfe zu eilen. Einer der Piraten hielt ihn mit eisernem Griff im Genick fest.

„Ein richtiger Heißsporn", meinte er lächelnd. „In wenigen Jahren wird er wie geschaffen für die Arena sein."

Crassus nickte zustimmend. „Ja, da hätte ich vielleicht sogar einen Interessenten. Je jünger sie anfangen, um so besser werden sie, vorausgesetzt, sie überleben die ersten Jahre. Also einverstanden. Ich nehme die beiden. Nur den Kleinen da, für den habe ich keine Verwendung."

„Das wird Sabinus weniger freuen."

„Tut mir leid, aber auch um unserer alten Freundschaft willen kann ich keine unbrauchbare Ware kaufen."

Wenig später fanden sich Marcus und Julia nackt an Pfähle gebunden wieder, an denen interessierte Kunden vorbeigingen, sie betrachteten und betasteten. Mit ausdruckslosem Gesicht ertrug Julia die Demütigungen, während Marcus vor Zorn bebend um sich schlug

„Ich verstehe nicht, wie du bei all dem ruhig bleiben kannst", sagte Marcus schließlich verwundert.

„Was hat es für einen Sinn, um sich zu schlagen, Marcus? Ich sammle meine Kräfte für die Stunde, in der ich sie nötig haben werde."

Verständnislos starrte Marcus seine Schwester an. Wie konnte sie nur so gleichmütig bleiben? Doch auch wenn sie ihm manchmal unheimlich vorkam, hing er an ihr. Wie oft hatte er den Eindruck gehabt, dass sich hinter ihrem ruhigen, verträumten Wesen ein Abgrund verbarg, in dessen Nähe zu gelangen äußerst gefährlich werden konnte.

„Was meinst du", fragte Julia gleichmütig. „Was werden sie mit Titus machen?"

„Entweder sie finden einen anderen Käufer für ihn, oder sie werfen ihn ins Meer."

Wider Willen begannen Marcus Tränen über die Wangen zu laufen. Nichts, gar nichts konnte er tun, um das Schicksal, das sie erwartete, noch abzuwenden. Wie hilflos er sich plötzlich fühlte.

2. Teil

9 Jahre später

Der kleine Zug, der in den frühen Morgenstunden auf der Via Appia in Richtung Rom unterwegs war, erregte bei den Passanten Aufsehen. Doch während der Blick der Männer eher bei der grünäugigen, wohlgeformten Schönheit hängen blieb, die sich in ihrem offenen Wagen den Blicken der Vorbeikommenden preisgab, war das Augenmerk der Frauen ausschließlich auf den reichen, orientalischen Goldschmuck der jungen Frau gerichtet. Neben ihrem Wagen fuhr ein zweiter Wagen, in dem ein ältere, dickliche Frau saß, deren nun runzlige, herbe Gesichtszüge früher durchaus einmal schön gewesen sein mochten. Den beiden Frauen folgte ein Trupp Sklaven, der die vielen, auf Wagen geladenen Kisten und Truhen der beiden Frauen zu bewachen hatte. Trotzdem wäre der Zug für Wegelagerer wahrscheinlich eine leichte Beute gewesen, wäre da nicht die kaiserliche Leibwache gewesen, die den Zug eskortierte.

„Das muss sie sein, die berüchtigte hexenkundige Hure aus Antiochia, die der Kaiser zu sich eingeladen hat", flüsterten die Menschen auf der Straße und traten, die Götter beschwörend, beiseite. „Seht sie euch an, wie schamlos sie ihre Reize zeigt. Mit diesem Weib zieht das Unheil in Rom ein. Die Götter mögen uns beistehen."

Calpurnia genoss die neugierigen, ängstlichen Blicke der Menschen auf der Straße, die ihr folgten.

Ihr entging weder die lüsterne Gier in den Augen der Männer noch der Neid in den Blicken der Frauen. Ein selbstsicheres zufriedenes Lächeln glitt über ihr Gesicht. Sie hatte es geschafft. In wenigen Stunden würde sie Rom mit seinen sieben Hügeln wiedersehen – Rom, die Stadt der Städte, das Herz der Welt.

Noch immer kam Calpurnia all das wie ein Traum vor, den sie selbst niemals zu träumen gewagt hätte. Wie war das nur möglich gewesen? Der Kaiser selbst hatte sie gerufen. Schon bald würde sie ihm gegenüberstehen, und gewiss würde es ihr gelingen, ihn in ihren Bann zu ziehen, genauso wie all die anderen Männer, die vor ihm ihrem Charme erlegen waren. Der Ruf ihrer Verführungskünste war ihr vorausgeeilt. Das ganze römische Imperium kannte ihren Namen, ihre Geschichte. Doch niemals hätte sie zu hoffen gewagt, damit selbst einen Mann wie den Kaiser neugierig machen zu können. Sogar gegen den Willen seiner Mutter Agrippina hatte er sie an den Hof gerufen. Noch vor wenigen Monaten wäre dies undenkbar gewesen. Doch Lucius Domitius Ahenobarbus, genannt Nero, war flügge geworden und hatte sich dem mütterlichen Griff weitgehend entzogen. Begonnen hatte es damit, dass er das Bett der Claudia Akte, einer Freigelassenen, dem seiner Mutter vorgezogen hatte. Eine ehemalige Sklavin hatte über die stolze Augusta Agrippina triumphiert. Doch natürlich hatte diese Liebschaft des Kaisers nicht lange gehalten. Wie sollte sie auch, schien das dumme Ding sich tatsächlich in den Kaiser verliebt zu haben.

Ein verächtliches Lächeln glitt bei diesem Gedanken über Calpurnias Gesicht, das für einen kurzen

Augenblick ihr makellos schönes Gesicht in eine gespenstisch wirkende Fratze verwandelte. Doch sogleich glätteten sich ihre Gesichtszüge wieder und strahlten erneut einen betörenden Glanz aus.

Liebe, dieses Wort war Calpurnia fremd. Sie konnte es sich nicht vorstellen, für einen Mann jemals etwas anderes als Verachtung zu empfinden. Und das war auch gut so, denn gerade darin lag der Schlüssel ihrer geheimnisvollen Macht über Männer. Sie gab zwar ihren Körper hin, doch niemals sich selbst. Bei jeder ihrer Beziehungen hatte sie sich stets von ihrem Verstand und niemals von unsinnigen Gefühlen leiten lassen. Immer wachsam, hatte sie es verstanden, die schwachen Stunden ihrer Liebhaber für sich zu nutzen.

Zufrieden lächelnd lehnte Calpurnia sich in ihre Kissen zurück. Ihr Blick schweifte für einen kurzen Moment zu Epicharis, der sie so viel zu verdanken hatte. Ohne deren Hilfe wäre sie wahrscheinlich heute noch eine der vielen Huren, die die billigen Bordelle Antiochias bevölkerten und deren Aussichten auf eine bessere Zukunft mit zunehmendem Alter immer geringer wurden. Epicharis war es gewesen, die sie gelehrt hatte, dass es allein an ihr lag, ob sie sich von den Männern benutzen ließ, oder ob sie die Männer benutzte.

„Schau, Kind", hatte sie ernst gesagt, „wenn du nur dumm wie ein Opferlamm daliegst und einen nach dem anderen über dich ergehen lässt, bist du für sie nichts weiter als ein Mittel zur Befriedigung ihrer Triebe. Doch wenn du es verstehst, sie zu reizen, zu fordern, mit ihnen zu spielen und ihre dumme männliche Eitelkeit zu nutzen, dann kannst du jeden

Mann zu deinem Sklaven machen. Versuch es, und dein Leben wird sich ändern." Epicharis´ Lehre war auf fruchtbaren Boden gefallen. Schon bald war sie es gewesen, die das Spiel bestimmte, die die Leidenschaft des einen gegen den Besitzerstolz des anderen auszuspielen verstand und dabei immer als wirkliche Siegerin aus dem Ringen hervorging.

Ja, Epicharis hatte sie viel zu verdanken. Die alternde lebenserfahrene griechische Hure war zu ihrer Vertrauten und Freundin geworden, die fast alle ihre Geheimnisse kannte. Nur jenes eine Geheimnis, das sie bewogen hatte, die Einladung des Kaisers anzunehmen und nach Rom zu reisen, das kannte niemand außer ihr. Und so sollte es auch bleiben.

Um der größten Hitze des Tages zu entfliehen, hielt der kleine Zug gegen die Mittagszeit in einer Dorfschenke, um etwas auszuruhen und einen kurzen Imbiss einzunehmen.

„Beeile dich, gehe rasch aus der Sonne, damit deine Haut nicht verbrennt", trieb Epicharis Calpurnia beim Aussteigen an.

Obwohl Calpurnia die Warnung nicht sonderlich ernst nahm, gehorchte sie Epicharis doch und ging vom Wagen direkt in das schattenspendende Wirtshaus hinein. Der Wirt erhob sich beim Anblick der Gäste sofort von seiner Bank, um dem vornehm aussehenden Besuch einen seiner besten Tische anzubieten.

Calpurnia und Epicharis setzten sich an den vom Wirt angebotenen Tisch und bestellten Brot, Käse, Oliven und mit Wasser gemischten Wein. Nachdem die beiden Frauen einige Bissen gegessen und ihren

Durst mit dem Wein gelöscht hatten, begann Epicharis Calpurnia forschend anzublicken.

„Irgendwie", meinte sie schließlich nachdenklich, „werde ich das Gefühl nicht los, dass wir besser in Antiochia geblieben wären. Seit wir auf italienischem Boden weilen, hast du dich verändert, Calpurnia. Mir kommt es so vor, als würdest du etwas vor mir verbergen. Manchmal scheinst du mir plötzlich so fremd wie eine Frau, die zwei Gesichter hat. Gibt es da vielleicht etwas, was ich wissen sollte?"

„Nein. Warum? Wie kommst du darauf?"

„Nun", erwiderte Epicharis, „seit einigen Tagen redest du im Schlaf. Lauter nicht zusammenhängendes Zeug zwar. Trotzdem habe ich daraus den Eindruck gewonnen, dass du vor irgendetwas Angst hast. Wenn es so ist, dann sage mir, wovor. Noch ist es nicht zu spät. Noch können wir nach Asien zurückkehren."

„Und die Einladung des Kaisers ausschlagen? Niemand darf das wagen, Epicharis."

Die alte Frau nickte wissend. Gewiss durfte man diese hohe Ehre nicht ausschlagen. Doch irgendwie wurde Epicharis trotzdem das Gefühl nicht los, dass Rom ihnen kein Glück bringen würde. Je weiter sie gereist waren, um so fremder war Calpurnia ihr plötzlich erschienen. Epicharis wusste nicht genau, ob sie sich dies alles nur einbildete oder ob tatsächlich etwas daran war. Aber je näher sie Rom kamen, umso mehr erkannte sie, wie wenig sie eigentlich von ihrem Schützling wusste. Was war es, das Calpurnia so beunruhigte?

„Ich werde heute Nacht die Götter beschwören und die Stäbe werfen. Weisen sie nach Osten, werden wir so bald wie möglich nach Hause zurückkehren", sagte sie schließlich bestimmt.

Doch sogleich widersprach Calpurnia energisch. „Nein, Epicharis. Ich werde in Rom bleiben. Das Schicksal hat mich hierhergeführt. Und seinem Schicksal kann keiner entgehen."

„Manchmal ist es trotzdem besser, das Schicksal nicht herauszufordern", beharrte Epicharis auf ihrer Meinung.

„Nun, wo sollte die Herausforderung liegen?", antwortete Calpurnia siegesbewusst. „Ich werde vor dem Kaiser tanzen, und dann werden wir ja sehen, was passiert."

Doch Epicharis konnte selbst dies nicht überzeugen.

„Ich habe mich umgehört. Man erzählt sich, dass der Kaiser sein Herz gerade verschenkt hat. Sie soll Poppaea Sabina heißen und eine sehr zielstrebige und intelligente Frau sein. Man sagt, sie strebe nach der Kaiserkrone. Eine solche Frau wird keine Rivalin neben sich dulden."

„Nun, dann werde ich wohl ihre Freundin werden müssen", antwortete Calpurnia ruhig und gelassen. „Gleich morgen werde ich mit dem Juden Aron zusammentreffen. Er wird mir mehr über die Verhältnisse in Rom sagen können als diese dummen Gerüchte. Wahrlich, Epicharis, es war eine wirklich glänzende Idee, unser Geld den Juden anzuvertrauen. Kein Volk ist geschäftstüchtiger als sie. Und sie sind absolut zuverlässig."

„Dir gegenüber, weil du ihnen nützlich bist. Deiner Vermittlung haben sie so viele Geschäfte zu verdanken, die sonst niemals zustande gekommen wären, da ein Römer niemals mit einem Juden

Geschäfte abschließen würde. Sie haben ihren Vorteil durch dich."

„Und ich durch sie. Was soll's also? Wir nützen uns gegenseitig."

Voll Genugtuung dachte Calpurnia an die Gewinne, die sie erzielt hatte, seit sie sich mit den Juden zusammengetan hatte. Sie war bereits jetzt eine wohlhabende Frau, die sich guten Gewissens zur Ruhe hätte setzen können. Doch daran dachte Calpurnia keinen Augenblick. Mit ihren neunzehn Jahren sah sie das ganze Leben noch vor sich liegen.

Die zurückliegenden Jahre waren in Calpurnias Augen nichts anderes als eine Lehrzeit gewesen. Armut und Elend hatten ihr deutlich gemacht, wie wichtig es war, reich zu sein. Die überstandenen Erniedrigungen hatten sie hart und kaltblütig werden lassen. Und die Menschen selbst hatten sie gelehrt, dass nur der Skrupelloseste, Hinterhältigste und Gewissenloseste siegte. Die Vergangenheit hatte ihr ausreichend Zeit gelassen, sich zu üben, um einer Stadt wie Rom gewachsen zu sein. Und gewiss war sie schon heute eine der verworfensten Frauen des römischen Imperiums, die weder vor Betrug noch vor Mord zurückschreckte. Noch vor zwei Jahren hatte sie das belastet. Doch auch die Zeit der Gewissensbisse lag nun schon lange hinter ihr. In tiefster Verzweiflung hatte sie erkannt, dass sie ihrem Stern folgen musste, auch wenn er ins Dunkel führte. Und dieser, ihr Stern, hatte sie nach Rom zurückgeführt, damit sich ihr Schicksal erfüllen konnte. Seit der Kaiser selbst sie eingeladen hatte, gab es für Calpurnia keinen Zweifel mehr. Je näher sie Rom kam, umso schneller fühlte sie ihr Herz schlagen. Und ganz allmählich kam in ihr wieder jene andere zum Vorschein, die sie eigentlich hatte vergessen wollen. In ihren Träumen stand sie da, weinte, schrie und forderte Vergeltung. Nein, nichts war vergessen. Stets war es die Vergangenheit, die die Zukunft bestimmte.

Ungläubig starrte Poppaea Sabina ihre Sklavin an. Als diese sich nicht rührte, sondern nur geduldig auf die Befehle ihrer Herrin wartete, wich Poppaeas Fassungslosigkeit einem furchtbaren Zorn.

„Wie kann diese dahergelaufene Schlampe es wagen, sich bei mir melden zu lassen?", zischte sie zornig. „Seit wann empfange ich den Abschaum Antiochias in meinem Haus? Geh und schick sie fort."

Doch noch während sich das Mädchen vor ihrer Herrin verneigte, um danach der im Atrium wartenden Calpurnia die Antwort Poppaea zu überbringen, besann sich diese eines Besseren.

„Warte noch einen Augenblick. Lass mich überlegen", hielt sie ihre Sklavin zurück.

Nachdenklich erhob Poppaea sich von ihrem Stuhl, auf dem sie sich gerade von den geschickten Händen zweier Sklavinnen zum Ausgehen hatte fertigmachen lassen. Ein kurzer Blick in den großen Kupferspiegel stimmte sie zufrieden. Ja, sie war wirklich schön. Doch genügte das allein? Die andere war jünger als sie, ja sogar jünger als der Kaiser und ebenfalls schön, so schön, dass ihr Anblick Poppaea fast den Atem verschlagen hatte. Doch deren Äußeres allein war es nicht, was Poppaea Sabina Sorgen bereitete. Viel schlimmer war es, dass diese Calpurnia ihre Reize auch durchaus zu nutzen verstand. Poppaea war es nicht entgangen, dass der Kaiser nach ihrem Tanz in der letzten Nacht nur noch Augen für diese Frau gehabt hatte. Seine Schwärmerei war sogar soweit gegangen, dass er Calpurnia versprochen hatte, ein Gedicht für sie zu schreiben. Poppaea zitterte noch jetzt vor Zorn, sobald sie an Neros begeisterte Äußerungen dachte. Ihre Eitelkeit war dadurch ebenso gekränkt worden wie ihr Stolz. Natürlich sann sie auf Rache. Doch dieser Wunsch durfte unter keinen Umständen über ihren Verstand siegen. Nur kalte Planung und Berechnung waren es, die ihr auf Dauer helfen konnten, den Kaiser für sich zu gewinnen und dessen Gunst zu erhalten.

„Geh und führe sie in die Empfangshalle", befahl sie ihrer Sklavin schließlich, sich die Tatsache vor Augen führend, dass es immer gut war, den Gegner näher kennenzulernen, um ihn besser bekämpfen zu können. „Ich werde kommen, sobald meine Zeit dies erlaubt."

Nachdem die Sklavin gegangen war, begann Poppaea unruhig in ihrem Schlafgemach umher zu wandern. Was wusste sie eigentlich von dieser Calpurnia? Doch wohl auch nur das, was auf der Straße von ihr berichtet wurde. Eine einfache Bordellsklavin war sie gewesen, die es jedoch verstanden hatte, ihren Liebhabern das Geld aus der Tasche zu ziehen. Der eine hatte sie freigekauft, andere hatten ihr großzügige Geschenke gemacht, wieder andere ihr Häuser und Grund und Boden geschenkt, alle wohl in der törichten Hoffnung, sie durch derlei Großzügigkeiten allein für sich zu gewinnen. Wie dumm die Männer doch waren! Natürlich hatte sie sie alle nur ausgenutzt, Poppaea hätte es an Stelle der anderen gewiss genauso gemacht. Auch sie hätte die Vernarrtheit jenes alten, dem Ritterstand entstammenden Römers genutzt, um ihn zu heiraten und sich dadurch das römische Bürgerrecht zu sichern.

Selbstverständlich war es kein Zufall, dass jener verliebte Narr kurz nach der Heirat starb und seiner jungen trauernden Witwe sein gesamtes Vermögen hinterließ. All diese Tatsachen ließen Poppaea darauf schließen, dass diese aus Syrien kommende Hure ebenso schlau, berechnend und skrupellos war wie schön. Tatsächlich eine gefährliche Gegnerin, legte sie es darauf an, zu versuchen, die Gunst des Kaisers zu erringen. Doch wollte sie das überhaupt? Und wenn ja, warum kam sie dann zu ihr, der derzeitigen Favoritin des Kaisers? Was wollte sie von ihr? Ratlos hob Poppaea die Schultern. Sie wusste im Augenblick keine Antwort. Doch warum sollte sie auch versuchen, das Rätsel zu lösen? Sie würde die Antwort gewiss gleich erfahren. Entschlossen wandte sich die schlanke, rothaarige Poppaea dem Empfangszimmer zu.

„Welch ein unerwarteter Besuch", begrüßte sie ihren Gast kühl.

Calpurnia erwiderte die kalte Abneigung in der Stimme ihrer Gastgeberin mit einem liebenswürdigen Lächeln.

„Ich freue mich sehr, von der edlen Poppaea Sabina empfangen zu werden. Ich befürchtete schon, dass mein Besuch dir nicht angenehm sein könnte."

„Das ist er auch nicht", entgegnete Poppaea grob.

„Und warum empfängst du mich dann trotzdem?" Calpurnias Lächeln wich einem Ausdruck des Staunen gemischt mit einem Funken Spott.

„Sagen wir aus Neugier. Ich konnte mir nicht vorstellen, was eine wie du von mir wollen könnte."

„Freundschaft", antwortete Calpurnia zuversichtlich. „Ich möchte dir meine Freundschaft anbieten, und ich bin sicher, dass du sie dankbar annehmen wirst."

Poppaeas Gesicht verzog sich zu einem verächtlichen Grinsen. „Und ich hatte dich für klug gehalten, hatte befürchtet, dass du eine ernstzunehmende Rivalin werden könntest. Wie dumm von mir."

„Oh, das würde ich nicht sagen, edle Poppaea Sabina. Wenn ich es wollte, könnte ich es durchaus werden. Doch im Gegensatz zu dir liegt mir nicht allzu viel am Kaiser. Dir hingegen liegt viel an seiner Gunst. Du träumst von der Macht, die er dir geben kann. Doch um so weit zu gelangen, wirst du Hilfe nötig haben."

Poppaea starrte Calpurnia fassungslos an. Wie konnte diese es wagen, einer Römerin aus einem alten Adelsgeschlecht die Freundschaft einer Freigelassenen anzubieten? Das war doch wohl der Gipfel der Unverschämtheit.

Ungeachtet des Zorns in Poppaeas Augen fuhr Calpurnia unbeirrt fort: „Du fühlst dich mir überlegen, Poppaea. Warum? Glaubst du wirklich, so viel mehr zu sein als ich? Verkaufen wir nicht alle beide unseren Körper an den Meistbietenden? Natürlich berufst du dich auf deine edle Abstammung. Doch was nützt dir diese, wenn dir kein Händler in ganz Rom mehr Kredit gewährt? Das ausschweifende Leben deines derzeitigen Gatten Marcus Salvius Otho wird euch beide noch ins Schuldgefängnis bringen. Schau her, was ich dir mitgebracht habe, Schuldverschreibungen über Schuldverschreibungen von dir und deinem Mann."

Calpurnia öffnete die Rolle, die sie in der Hand gehalten hatte, und reichte Poppaea die darin befindlichen Urkunden.

„Was glaubst du wohl wäre geschehen, wenn ich diese Urkunden nicht den Spitzeln Agrippinas vor der Nase weggekauft hätte? Vielleicht lägen sie dann schon auf dem Schreibtisch unseres ach so sparsamen Kaisers, und deine entschiedenste Feindin, die Augusta Agrippina, würde wieder einmal triumphieren."

Calpurnia ließ ihre Worte einen Augenblick lang auf Poppaea einwirken, genoss deren offensichtliches Entsetzen, ehe sie fortfuhr: „Doch, gewiss. Ich vergaß, du brauchst meine Freundschaft ja nicht. Entschuldige also bitte, dass ich mich in deine Angelegenheiten eingemischt habe."

Noch immer leicht verwirrt starrte Poppaea ihre Besucherin an. „Was willst du von mir?", brachte sie schließlich, noch immer nach Fassung ringend, hervor.

„Ich will dir helfen dürfen, das ist alles", entgegnete Calpurnia ruhig.

„Und wobei?", fragte Poppaea misstrauisch.

„Die neue Kaiserin Roms zu werden, Poppaea Sabina. Nein, nein, sage jetzt nichts, sondern lass mich bitte erst ausreden. Das genau haben du und dein Mann Otho doch geplant. Er hat dem Kaiser all deine Vorzüge immer wieder angepriesen, bis dieser vor Neugier fast vergangen war und dich in den Palast zu sich einlud. Und nun lässt du ihn zappeln. All dies ist sehr klug eingefädelt worden. Doch wie soll das Spiel weitergehen?"

Wie betäubt ließ Poppaea sich auf einen Stuhl sinken. Noch niemals hatte jemand derart schonungslos mit ihr gesprochen. Wie kam es nur, dass diese Calpurnia, erst seit zwei Wochen in Rom weilend, bereits ihre geheimsten Pläne und Intrigen durchschaut hatte? Wer hatte ihr all das erzählt? Und woher wusste sie von der Feindschaft, die die Kaisermutter gegen sie hegte? Wer war diese Frau nur, und was wollte sie?

„Der Kaiser will sich scheiden lassen, weil Octavia unfruchtbar ist. Dann können wir heiraten", sagte Poppaea schließlich offen.

„Und du glaubst wirklich, dass Agrippina das zulassen wird? Nein, Poppaea, solange sie lebt, wird Nero es nicht wagen, sich von Octavia zu trennen. Solange sie lebt, spielst du ein gefährliches Spiel."

„Gewiss, sie flüstert dem Kaiser falsche Anschuldigungen gegen mich ins Ohr. Doch Nero glaubt ihr nicht mehr. Er weiß, dass sie ihn nur wieder in ihr Bett zu locken versucht. Sie hat über den Kaiser jede Macht verloren."

„Da wäre ich mir nicht so sicher. Ich sage dir, Poppaea, solange sie lebt, wird dein Traum niemals Wirklichkeit werden."

„Aber wie sollte ich sie loswerden?", stieß Poppaea, alle Vorsicht vergessend, halb wütend hervor.

„Indem du den Kaiser dazu bringst, seine Mutter nicht nur zu hassen, sondern auch sein Misstrauen gegen sie weckst. Wenn er genügend Angst vor ihr hat, wird er das Problem schon selbst lösen, ohne dass du dir deine Finger schmutzig machen musst."

65

Erstaunt blickte Poppaea ihr gegenüber an. „Was liegt dir eigentlich daran, dass ich mit meinen Plänen Erfolg habe?", fragte sie misstrauisch. „Von all dem hast du doch nichts. Erzähle mir jetzt bitte nichts von Freundschaft. Das wäre lächerlich. Auch du verfolgst doch ein bestimmtes Ziel."

„Da hast du recht", antwortete Calpurnia ruhig. „Hinter mir stehen andere, denen an einem guten Einvernehmen mit der künftigen Kaiserin gelegen ist. Agrippina hat ihre Freundschaft ausgeschlagen. Also suchen sie eine andere, die ihnen mehr Entgegenkommen zeigt. Natürlich wäre dieses Entgegenkommen nicht umsonst. Die Juden sind es gewohnt, sich die Freundschaft der Mächtigen erkaufen zu müssen. Darum schenken sie dir als kleine Vorleistung diese Schuldscheine, ebenso wie sie dir über mich unbegrenzten Kredit gewähren, wenn du dich dafür bereit erklärst, ihre Interessen als Kaiserin zu schützen."

Das erklärte manches. Trotzdem zögerte Poppaea. Ihr Instinkt riet ihr, dieser Calpurnia nicht zu trauen, ebenso wenig wie den Juden. Waren sie nicht jenes merkwürdige Volk, das nur einen Gott anbetete und sich beharrlich weigerte, dem Kaiser als Gott zu huldigen? Jeder wahre Römer misstraute ihnen, sonderten sie sich doch absichtlich von allen anderen Völkern ab.

„Bist du auch eine Jüdin?", fragte sie lauernd.

„Und wenn ich eine von ihnen wäre, würde dich das stören?"

Poppaea schüttelte den Kopf. „Nein", antwortete sie entschlossen. „Solange du deinen Platz kennst und nicht versuchst, nach den Sternen zu greifen, stört es mich nicht."

Calpurnia war mit dieser Antwort zufrieden. „Du brauchst nichts zu fürchten. Ich kenne meinen Platz genau. Ich wünsche dir viel Glück. Und denke an meinen Rat."

„Das werde ich", versicherte Poppaea.

Erleichtert verließ Calpurnia das Haus der Poppaea Sabina. Ein zufriedenes Lächeln lag auf ihrem Gesicht, als sie in ihre Sänfte stieg und die Vorhänge zuzog. Wie einfach war es doch gewesen, die Grundlage zur Vernichtung der Kaiserinmutter zu schaffen. Eine falsche Anschuldigung und ein wenig Geld, mehr hatte es nicht bedurft. Die Falle war zugeschnappt. Poppaea würde ihren Einfluss beim Kaiser geltend machen und damit eine Grundlage zum Sturz Agrippinas schaffen. Nun galt es nur noch abzuwarten.

Allmählich begann Epicharis sich um ihren Schützling ernste Sorgen zu machen. Nichts war zwischen ihnen mehr wie früher, seit sie nach Rom gekommen waren. Calpurnia hatte begonnen, sich immer mehr in sich zurückzuziehen, und ließ sie immer häufiger über ihre Pläne und Absichten im Unklaren. Was mochte sie nur dazu veranlasst haben, die Gunst der Stunde nicht zu nutzen und sich die momentane Sympathie des Kaisers bezahlen zu lassen? Warum hatte sie es plötzlich vorgezogen, Nero zu meiden, sich immer wieder durch vorgeschobenes Unwohlsein bei ihm entschuldigen zu lassen? Dafür suchte sie heimlich die Favoritin des

Kaisers auf. Was versprach sich Calpurnia von dieser Beziehung eigentlich? Poppaea war gefährlich. In ihren Augen lag boshafte Grausamkeit verborgen. Auf eine solche Frau würde man sich niemals verlassen können. Doch vergeblich hatte sie Calpurnia davon zu überzeugen versucht. Sie hörte ihr in letzter Zeit nicht einmal mehr zu.

Auch Calpurnias Beziehung zu den Männern hatte sich geändert. Waren ihr früher reiche Kaufleute lieber gewesen als arme Adlige, so umgab sie sich in ihrer neu erworbenen Villa plötzlich nur noch mit Leuten, die zwar kein Geld, dafür aber eine lange Ahnenreihe besaßen. Beim Aussuchen ihrer Liebhaber war sie ebenso wählerisch geworden wie verschwendungssüchtig bei den Ausgaben für ihre Feste. Gewiss, Calpurnia konnte sich diesen Luxus leisten, hatte sie doch vor wenigen Wochen an der Mulvischen Brücke ein schon jetzt in ganz Rom bekanntes Bordell erworben, das die vornehmste Gesellschaft Roms mit Mädchen belieferte. Und natürlich hatte Calpurnia es sich nicht nehmen lassen, die für sie arbeitenden Mädchen selbst auf dem Sklavenmarkt auszusuchen, hatte sie doch stets das richtige Auge für Frauen gehabt, die für diesen Beruf geschaffen waren.

Epicharis konnte nicht umhin, sich einzugestehen, dass eigentlich alles gut verlief. Trotzdem machte sie sich Sorgen. Die offensichtliche Veränderung, die mit Calpurnia vor sich gegangen war, gefiel ihr nicht. Wollte ihr Schützling am Ende versuchen, der eigenen Vergangenheit zu entfliehe? Das wäre nur zu gut möglich, denn Calpurnia war nicht freiwillig das geworden, was sie heute war.

Epicharis erinnerte sich plötzlich wieder genau an das erste Zusammentreffen mit ihr. Es war in einem der billigsten Bordelle Antiochias gewesen. Der Wirt dort hatte ihr ein Zimmer vermietet, da er in der alternden Hure keine Konkurrenz für seine Mädchen sah. Es war in jener Zeit gewesen, in der Epicharis zum ersten Mal ihr Alter gespürt hatte. Ihr war damals klar geworden, dass sie ihren Körper nicht mehr lange für gutes Geld würde verkaufen können. Von einem Gefühl der Hoffnungslosigkeit und Trostlosigkeit erfüllt, hatte sie sich den Schmutz ihres Freiers vom Körper gewaschen, als sie im Nebenzimmer ein markerschütterndes Schluchzen vernahm. Leise war sie auf den Flur hinausgeschlichen und hatte vorsichtig die Nebentür einen Spalt geöffnet.

Der Anblick, der sich ihr bot, hatte sie zutiefst erschüttert. Ein junges Mädchen, mehr noch ein Kind als eine Frau, angekettet ans Bett, wie man es mit Sklavinnen zu tun pflegte, die fortzulaufen versucht hatten, blickte sie mit tränenverschleierten Augen an. Sie hatte nichts anderes tun können, als jenes verängstigte, wirres Zeug redende Kind in die Arme zu schließen, bis es endlich beruhigt eingeschlafen war. Damals hatte sie beschlossen, sich der Kleinen anzunehmen, war sie doch das, was ihr gefehlt hatte, ein Mensch, der ihre Liebe mit Dankbarkeit erwiderte.

Dass sie mit Calpurnia den Schlüssel zu ihrem eigenen Glück gefunden hatte, dass ihr die Kleine den Weg in eine sichere und sorgenfreie Zukunft sichern würde, hatte sie erst viel später erkannt. Ihre kindliche Angst und Scheu vor den Männern überwindend, war Calpurnia schon bald zu einer Meisterin ihres

Gewerbes geworden, die den Männern alles zu geben vermochte, außer ihre Liebe.

Ja, sie hatte ihr den Weg gewiesen. Damals hatte Calpurnia sie gebraucht. Um so schmerzlicher war es nun für Epicharis, plötzlich erkennen zu müssen, dass Calpurnia sich jetzt von ihr frei gemacht hatte. Wehmütig trat sie in den Garten hinaus, um die drei neuen Sklavinnen, die Calpurnia am Vormittag für das Freudenhaus erworben hatte, in Augenschein zu nehmen, bevor sie sie an den Hauswirt Domitius weiterleiten würde. Im Schatten des Säulengangs saßen sie geduldig wartend auf einer Steinbank. Beim Anblick Epicharis, in der sie sofort die Vorsteherin des Hauses erkannten, erhoben sich die drei sofort.

Prüfend glitt Epicharis´ Blick von der rassigen, schmalhüftigen Ägypterin weiter zu der hellhäutigen in den Hüften gut gerundeten Griechin. Ganz ohne Frage waren die beiden geeignet, würden ihre neue Aufgabe wahrscheinlich sogar genießen. Doch was war mit der Dritten? Epicharis glaubte, ihren Augen nicht zu trauen, als sie die zierliche Gestalt einer höchstens vierzehnjährigen Gallierin betrachtete. Das Mädchen schien ihr ebenso verschüchtert und verängstigt wie einst Calpurnia. Verständnislos schüttelte Epicharis den Kopf. Sie verstand Calpurnia nicht mehr. War sie wirklich schon so kalt geworden, dass sie ruhigen Gewissens bereit war, anderen das Gleiche anzutun, war ihr angetan worden war?

„Hast du dich schon einmal einem Mann hingegeben?", fragte sie die Kleine mitleidig.

Das Mädchen schüttelte unter Tränen den Kopf.

„Nun, dann musst du jetzt auch keine Angst haben. Es wird dir nichts geschehen", versicherte Epicharis, während sie Brutus mit einem Wink herbeizitierte.

„Übergib die beiden Domitius. Die Kleine lass hier. Über sie werde ich mit Calpurnia persönlich reden."

Der Diener verneigte sich. Dann ging er wortlos voraus. Die beiden Frauen folgten ihm ergeben. Sie wussten, was von ihnen erwartet wurde, und waren mit ihrem Schicksal zufrieden.

Nachdem sie gegangen waren, wandte Epicharis sich noch einmal mit freundlichem Ton an die Kleine.

„Wie heißt du, und woher kommst du?", fragte sie.

„Mein Name ist Biblis. Ich komme aus der Gegend von Lugdunum. Mein Vater hat mich an die Römer verkaufen müssen, weil er die Steuern nicht bezahlen konnte."

Epicharis nickte verständnisvoll.

„Geh vorerst in die Küche und hilf dort, bis ich mit der Herrin über dich gesprochen habe."

Die großen, blauen Augen des Mädchens dankten ihr. Die Kleine verneigte sich und verschwand in der angegebenen Richtung.

Epicharis seufzte zögernd. Unentschlossen, ob sie Calpurnia Vorwürfe machen oder lieber ruhig und vernünftig mit ihr sprechen sollte, wandte sie sich dem Schreibzimmer zu. Gerade als sie die Tür einen Spalt geöffnet hatte, bemerkte sie, dass Calpurnia nicht allein war. Marcus Salvius Otho, der geschiedene Mann von Poppaea Sabina, war bei ihr.

„Ist das nicht ein genialer Plan des Kaisers?", hörte sie ihn sagen.

„Ein Tod, einer Kaiserin würdig. Es wird wie ein Unfall auf dem Meer aussehen. Niemand wird den Kaiser dafür verantwortlich machen können."

Calpurnias Gesicht verzog sich verächtlich.

„Ein großer Aufwand für eine kleine Sache. Welch absurde Idee, extra ein Schiff bauen zu lassen, nur um sich dieser unliebsamen Person zu entledigen."

„Immerhin handelt es sich hier nicht um irgendeine Person", gab Otho zu bedenken, „sondern um die Kaiserinmutter. Unter keinen Umständen möchte Nero als Muttermörder gelten."

Die Verachtung in Calpurnias Gesicht blieb, doch sie schwieg, enthielt sich weiterer Kritik.

„Und wann ist das Attentat geplant?", fragte sie ruhig.

„Beim Fest der Minerva wird es geschehen. Agrippina weilt zurzeit in ihrem Landhaus in Bauli. Sie wird der Einladung des Kaisers nach Misenum zum Fest der Göttin mit dem Schiff Folge leisten. Im Hafen wird ihr Schiff von einem Frachter gerammt und dadurch untauglich gemacht. Großzügigerweise wird der Kaiser ihr zur Heimfahrt sein eigenes Schiff zur Verfügung stellen. Sie wird nicht ahnen, dass sie in eine tödliche Falle tritt. Auf See wird das Schiff auseinanderbrechen, das Heck mit der Kaiserinmutter wird untergehen."

„Und warum erzählst du mir all das?", fragte Calpurnia argwöhnisch.

„Damit du siehst, wie gut unsere Pläne voranschreiten. Meine Scheidung von Poppaea ist erfolgt. Nach Agrippinas Tod steht einer Scheidung des Kaisers von der als unfruchtbar geltenden Octavia nichts mehr im Weg. Alles läuft bestens, nur…" Otho zögerte.

„Was, nur?", fragte Calpurnia besorgt.

„Um die Zeit bis zur Heirat mit dem Kaiser überbrücken zu können, benötigt Poppaea noch ein wenig mehr Geld."

„Ach so." Calpurnia nickte wissend. „Es ist schwer, wie eine Kaiserin zu leben, wenn man es noch nicht ist. Sage ihr, ich werde es ihr schicken, sobald ich es zur Verfügung habe."

„Das wird doch hoffentlich nicht allzu lange dauern?"

„Gewiss nicht", erwiderte Calpurnia. „Die künftige Kaiserin Roms wird mit ihrer Dienerin zufrieden sein. Wie viel benötigt sie diesmal?"

„Zwei Talente fürs erste", antwortete Otho verlegen.

„Silber?"

Otho schüttelte verschämt den Kopf. „Gold!"

Calpurnias schrilles Lachen durchdrang den Raum. „Woher soll ich so viel Gold nehmen?", fragte sie entsetzt. „Auch meine Möglichkeiten sind begrenzt."

„Nur noch dieses eine Mal", bat Otho. „Du wirst es nicht zu bereuen haben. Poppaea vergisst ihre Freunde nicht."

…solange sie ihr nützlich sind, dachte Calpurnia bei sich. Doch sie sprach diesen Gedanken nicht aus, denn Marcus Salvius Otho würde dies gewiss bald am eigenen Leib zu spüren bekommen.

„Ich werde tun, was ich kann. Versprechen kann ich jedoch nichts."

Otho nickte zuversichtlich. „Du wirst das schon schaffen. Da bin ich sicher."

Mit diesen Worten wandte er sich zum Gehen. Erschrocken glitt Epicharis hinter eine Säule, um sich dort zu verstecken. Sie wusste, ihr Leben wäre verwirkt gewesen, hätte Otho sie entdeckt.

Calpurnia begleitete Otho bis zum Tor, dann wandte sie sich erneut ihrem Arbeitszimmer zu. Erstaunt blieb sie im Türrahmen stehen, als sie Epicharis vor dem Schreibtisch stehen sah. Vorwurfsvoll blickte diese sie an.

„Wenn ich es nicht selbst gehört hätte, würde ich es nicht glauben, Calpurnia. Du hast dich mit dieser Schlangenbrut verschworen, um die Augusta Agrippina zu töten? Warum nur? Wo hast du deine Augen? Sie ist neben Seneca die Einzige im Staat, die noch weiß, was für Rom gut ist. Eine wie Poppaea denkt doch nur an ihren Vorteil. Wie kannst du ihr dabei helfen, die Macht in die Hände zu bekommen?" Die Vorwürfe Epicharis´ schienen Calpurnia nicht sonderlich zu stören.

„Du hast also gelauscht", stellte sie sachlich fest. „Nun gut, dann brauche ich vor dir ja keine Geheimnisse mehr zu haben. Ja, es ist richtig, Epicharis. Ich helfe Poppaea an die Macht. Und die jüdischen Kaufleute der Stadt unterstützen sie ebenfalls."

„Die Juden würden jeden unterstützen, der ihnen ihren Machtbereich im Handel sichert. Für sie zählt nur der Gewinn. Aber von dir hätte ich mehr Verstand erwartet. Was, glaubst du wohl, wird geschehen, wenn Poppaea dich nicht mehr braucht?"

Calpurnia lächelte verschmitzt. „Sie wird mich immer brauchen, weil sie immer Geld brauchen wird. Das macht sie von mir abhängig. Sie glaubt, sie benutzt mich. Aber in Wirklichkeit benutze ich sie, Epicharis. Durch sie werde ich das erreichen, was ich mir vorgenommen habe."

„Und was wäre das?", fragte Epicharis belustigt.

Calpurnia überhörte den Spott in Epicharis´ Stimme. Sie blieb völlig ernst und ruhig. Nur ihr Gesicht verwandelte sich plötzlich in eine hässliche, furchterregende Fratze.

„Ich werde mit ihnen allen spielen, wie die Katze mit den Mäusen. Erst wenn ich sie genug gequält habe, werde ich sie fressen."

Fassungslos schaute Epicharis ihren Schützling an. Völlig entrückt, den Blick durch sie hindurchgerichtet, sah Calpurnia sie mit leeren Augen an. Ein Schauder durchzuckte die alte Frau. Sie wusste, was dieser leere, ausdruckslose Blick zu bedeuten hatte. Calpurnia, die sie wie eine Tochter liebte, stand am Rande des Wahnsinns.

Vorwurfsvoll fragte Epicharis sich, warum sie das nicht schon früher erkannt hatte. War Calpurnia nicht schon immer anders als andere gewesen, ein Sonderling, mit einem ans Unnatürliche grenzenden scharfen Verstand? Hatte sie nicht von Anfang an bei ihr den Eindruck gehabt, dass in ihrem Körper zwei Seelen lebten, die eine mitfühlend und gut, die andere eiskalt und grausam?

Nur bis heute hatte sie sich dieses Gefühl nicht erklären können. Doch jetzt bestand kein Zweifel mehr. Nichts würde Calpurnia retten können. Dieser Kampf in ihrem Innern musste mit der Selbstzerstörung enden. Doch solange sie konnte, würde sie versuchen, Calpurnia vor sich selbst zu schützen, den Verfall ihres Geistes aufzuhalten, selbst wenn sie das irgendwann ihr Leben kosten sollte. Vergessen war Agrippina. Sollte sie sterben. Vielleicht hatte sie den Tod sogar verdient, behauptete man doch wohl nicht zu Unrecht, sie habe Kaiser Claudius ermordet, nachdem er ihren Sohn zum Nachfolger ernannt hatte. Für Epicharis war im Augenblick nur Calpurnia wichtig, war sie doch der einzige Mensch, der ihr jemals aufrichtige Zuneigung und Liebe entgegengebracht hatte.

Die Kaiserinmutter war tot, ermordet im Auftrag ihres Sohnes Nero. Doch sie war nicht, wie es geplant gewesen war, auf dem Meer umgekommen. Das bis ins kleinste Detail geplante Attentat war fehlgeschlagen. Agrippina hatte sich von dem sinkenden Schiff schwimmend auf ein Fischerboot retten können, das die leichtverletzte Kaiserin zu ihrem Haus nach Bauli gebracht hatte. Von Zorn und Angst vor der Rache der Mutter gleichermaßen überwältigt, hatte Nero die Nachricht von dem missglückten Attentat auf Agrippina aufgenommen. Für ihn hatte es nun geheißen, den Plänen der Mutter zuvorzukommen. Auf Anraten seiner beiden Vertrauten, des Burrus, Oberbefehlshaber der Prätorianergarde und des Senecas, seines Lehrers, hatte er dem von seiner Mutter gesandten Freigelassenen Agerinus einen Dolch vor die Füße geworfen und daraufhin des Mordversuchs am Kaiser auf Befehl Agrippinas bezichtigt. Der für das fehlgeschlagene Attentat verantwortliche Flottenkommandant Anicetus hatte nun offiziell vom Kaiser den Befehl erhalten, die Verschwörerin

Agrippina hinzurichten, was dieser auch unverzüglich ausführte.

Gleich nach der Ermordung der Kaiserinmutter war Nero selbst nach Bauli gefahren, um den Leichnam seiner Mutter vor der Verbrennung noch einmal zu sehen. Beim Anblick der Leiche waren im Kaiser dann plötzlich doch Schuld- und Reuegefühle aufgestiegen. Wochenlang zog er ruhelos von einer Stadt zur anderen, obwohl der römische Senat die Ermordung Agrippinas nachträglich gutheißen und den Geburtstag der Kaiserinmutter als Unglückstag in den römischen Kalender hatte eintragen lassen.

Erst nach Wochen des Umherirrens wagte Nero es schließlich, nach Rom zurückzukehren. Wider Erwarten war der Empfang durch das römische Volk gut, nicht zuletzt vielleicht deshalb, weil Nero etliche von seiner Mutter vollzogenen Verbannungen aufgehoben und Poppaea Sabina zu Ehren Neros Spiele im Zirkus Flavium angesetzt hatte.

All dies war Martianus, dem zur Zeit bekanntesten und beliebtesten Gladiator Roms, bekannt, ebenso wie er wusste, dass diese von Poppaea Sabina angesetzten Spiele den Tod seines langjährigen Freundes Spiculus und seinen eigenen bedeuteten. Die Favoritin des Kaisers hatte die beiden besten Gladiatoren Roms erworben, um sie gegeneinander kämpfen zu lassen. Dieser Kampf auf Leben und Tod hatte der Höhepunkt der Zirkusspiele werden sollen. Doch Martianus hatte sich entschieden geweigert, gegen den einzigen Freund, den er besaß, zu kämpfen. Er hatte Poppaea angefleht, ihm einen anderen Gegner zu geben.

Doch diese hatte ihm nur zynisch lächelnd geantwortet: „Entweder ihr kämpft gegeneinander, dann stirbt nur einer von euch beiden, oder aber ihr sterbt beide. Eine andere Möglichkeit gibt es nicht."

Martianus schauderte noch jetzt, wenn er an die kalten, gefühllosen Augen dachte, mit denen seine neue Besitzerin ihn dabei angeschaut hatte. Nein, sie würde kein Erbarmen kennen, schien es ihr doch ungeheure Lust zu bereiten, andere zu quälen, ihre Macht bis zum Letzten auszukosten.

Nachdenklich lief Martianus in der kleinen Zelle der Fechtschule, in der er seit Tagen eingesperrt war, hin und her. In irgendeiner anderen Zelle dieses finsteren Gewölbes würde Spiculus genauso ruhelos wie er auf die Erfüllung seines Schicksals warten. Auch er hatte es Poppaea gegenüber abgelehnt, diesen Kampf auszutragen. Und Spiculus würde seine Meinung ebenso wenig wie er ändern. Er würde die Hand niemals gegen ihn erheben. Oder vielleicht doch? Dem Sieger dieses Kampfes winkte immerhin die Freiheit. Aber was war das für eine Freiheit, wurde sie doch mit dem Tod eines Freundes erkauft? Nein, Spiculus würde gegen ihn die Hand nicht erheben, ganz gleich, welche Strafe Poppaea ihnen zugedacht hatte.

Martianus seufzte leise vor sich hin. Vielleicht war es sogar gut zu sterben, hatte er das Dasein als Gladiator doch niemals als lebenswert empfunden. Was war das für ein Leben, das man ständig mit dem Tod anderer erkaufen musste, nie wissend, ob das Schicksal einem selbst am nächsten Tag Sieg oder Niederlage bescheren würde?

Gewiss, zurzeit war er ein Star im Zirkus, der Liebling der Römerinnen, die nicht nur seine Kraft, sondern auch seinen Körper und seine Jugend zu schätzen wussten. Doch der Glanz der kurzen triumphalen Augenblicke nach einem Sieg hatten niemals jenes andere Dasein aufgewogen, das einen unfreien Gladiator dazu verurteilte, streng bewacht und eingesperrt auf den nächsten Kampf warten zu müssen, wissend, dass er wieder einen seiner Kameraden würde töten müssen, um weiterleben zu können.

Seit er mit zehn Jahren an eine Gladiatorenschule verkauft worden war, hatte er die ersten beiden Jahre dort nichts als Prügel, Hunger und Erniedrigung erfahren. Damals hatte er Spiculus kennengelernt, der mit ihm die Waffen und Rüstungen der Gladiatoren pflegen, die Arena sauber halten, die Raubtiere füttern und beim Beseitigen der Toten helfen musste. Dieser hatte ihn damals oft daran gehindert, sich wegen seines aufbrausenden Temperaments noch mehr Ärger und Schläge einzufangen. Gemeinsam hatten sie zwei Jahre später damit begonnen, das Kämpfen und schließlich auch das Töten zu lernen, denn fast immer ging der Daumen nach unten, wollten die Zuschauer das Blut des Unterlegenen fließen sehen.

Aber nicht nur auf ihm lastete dieses Schicksal schwer. Spiculus hatte, seit er den Glauben der Christen angenommen hatte, sogar zweimal versucht, sich das Leben zu nehmen, um nicht mehr kämpfen zu müssen. Doch jedes Mal hatte einer der Wächter seinen Plan vereitelt. Martianus wusste schon lange, das Spiculus sich nach dem Tod sehnte. Schon darum durfte er nicht mit ihm kämpfen, denn es wäre kein ehrlicher Kampf. Der Freund würde es niemals fertigbringen, ihn zu töten, ebenso wenig wie er den Freund würde umbringen können.

Erschöpft ließ Marianus sich in einer Ecke seiner Zelle zu Boden gleiten. Auf der Erde hockend, griff seine Hand mechanisch nach dem kleinen Lederbeutel, den er mit einer Schnur um den Hals gebunden hatte. Versonnen strich seine Hand über den Beutel, in dem er das einzige Stück aufbewahrt hielt, das ihn mit seiner Vergangenheit verband. Niemals hätte er sich als Knabe vorstellen können, dass er einmal so enden würde, der grölenden, blutgierigen Bestie Mensch ein einzigartiges Schauspiel bietend. Nein, eigentlich war er noch nicht bereit zu sterben, und doch würde sein Weg wahrscheinlich hier enden.

Martianus hörte, wie sich die Tür zu seiner Zelle öffnete. Sporus, der Leiter der Fechtschule, stand in der Tür.

„Nun, Martianus, hast du es dir überlegt? Wirst du kämpfen, wie die edle Poppaea Sabina es wünscht?"

Düster starrte Martianus Sporus an. „Nein", antwortete er bestimmt.

„Du bist ebenso stur wie Spiculus. Warum nur, Martianus?", fragte Sporus freundschaftlich. „Was hat es für einen Sinn, wenn ihr beide sterbt? Einer von euch könnte leben, könnte frei sein."

„Aber um welchen Preis?", entgegnete Martianus finster.

„Oh Martianus!" Sporus schaute seinen einstigen Schüler halb mitleidig, halb vorwurfsvoll an. „Weißt du noch, was ich dir als erstes beigebracht habe? Ein Gladiator darf keine Gefühle haben. Warum willst du jetzt dein Leben wegwerfen, dich lieber von

Raubtieren zerreißen lassen als kämpfen? Das nützt doch weder dem Griechen noch dir."

Martianus verzog das Gesicht zu einem grimmigen Lächeln. „Spar dir deine Mühe, Sporus. Du wirst mich nicht umstimmen. Du verstehst das nicht. Seit ich zehn war, ist Spiculus mein Begleiter und Freund. Ohne ihn hätte ich die ersten Jahre als Gladiator wahrscheinlich nicht überlebt. Seine Freundschaft war es, die mir die Kraft gegeben hat, nicht völlig den Mut zu verlieren. Er ist der einzige Mensch, gegen den ich niemals die Hand erheben würde."

Hilflos hob Sporus die Schultern. Er sah ein, dass es keinen Zweck hatte, Martianus und Spiculus umstimmen zu wollen. Doch welche Verschwendung! Die beiden besten Gladiatoren Roms, die ihm ein günstiger Zufall vor drei Jahren in die Hand gespielt hatte, würden einen schmachvollen Tod in der Arena sterben. Wem nützt das etwas? Doch einer wie er durfte nicht fragen. Was die Mächtigen beschlossen hatten, daran konnte jemand wie er nun einmal nichts ändern.

Poppaea war besorgt. Was sie als großes Spektakel geplant hatte, um die Zuneigung der Römer für sich zu gewinnen, wandte sich nun gegen sie. Schuld daran waren die beiden Gladiatoren, deren Kampf sie als Höhepunkt der Zirkusspiele eingeplant hatte und die sich unverständlicherweise weigerten, gegeneinander zu kämpfen.

Am Anfang war Poppaea die Angelegenheit einfach erschienen. Wollte der eine den anderen nicht töten, so sollten sie eben beide qualvoll vor aller Augen

81

sterben. Doch dagegen schienen die Römer etwas zu haben. Sie wollten ihre Lieblinge nicht dahingeschlachtet sehen.

Natürlich hätte Poppaea das unter normalen Umständen nicht gestört, hätte sie ihren Willen trotzdem durchgesetzt. Doch im Augenblick stand für sie unglücklicherweise zu viel auf dem Spiel, um sich leichtfertig den Zorn der römischen Bevölkerung zuzuziehen. Nero war noch immer mit Octavia verheiratet. Und Octavia war bei den Römern überaus beliebt. Erschwerend kam hinzu, dass der Kaiser seit der Ermordung seiner Mutter ängstlich darauf bedacht war, sich die Gunst der Bevölkerung zu erhalten. Darum erschien es Poppaea äußerst unklug, die Römer unnötig gegen sich aufzubringen.

Doch wie sollte sie sich aus dieser verfahrenen Situation herauswinden, ohne das Gesicht zu verlieren? Angestrengt dachte sie über ihr Problem nach.

Schließlich erhellte ein Lächeln ihre Züge. Sollte Calpurnia sich doch mit den beiden störrischen Männern herumärgern. Sie würde die inzwischen wohl bekannteste Kurtisane und Kupplerin Roms zu sich in den Palast einladen, für das kommende Fest einige Mädchen bei ihr bestellen und sie dann völlig zwanglos zu einem Brettspiel einladen. Poppaeas Augen begannen zu leuchten. Ja, sie würde die beiden Gladiatoren bei diesem Spiel setzen und verlieren. Damit würde sie ihr Problem auf Calpurnia abwälzen, und die war schlau genug, aus der Angelegenheit auch noch Kapital zu schlagen.

Auf Calpurnias Gesichtszügen zeichnete sich ein verschmitztes Lächeln ab, als sie hörte, welchen

Einsatz Poppaea bot. Ihr war sofort klar, dass die andere verlieren wollte, um sich aus der unerfreulichen Situation, in die sie geraten war, zu befreien. Und Calpurnia war sofort bereit zu gewinnen, denn es lag in ihrem Interesse, Poppaea zu schützen, solange diese ihren Zielen nützlich schien. Doch von diesen Überlegungen ahnte die andere natürlich nichts. Poppaeas Vertrauen zu Calpurnia war inzwischen so grenzenlos, dass sie der anderen sogar bedenkenlos erlaubte, die nächtlichen Gespielinnen für den Kaiser auszusuchen. Mädchen mit schönen Körpern, aber ohne Geist.

„Ich bedaure, teure Freundin, doch leider bist du schachmatt." Poppaea nickte befriedigt.

„Ich sehe es. Wahrscheinlich war ich mit meinen Gedanken heute nicht ganz bei der Sache. Doch natürlich stehe ich zu meinem Wort. Ich werde dir deine Siegesprämie noch heute Abend in dein Haus bringen lassen."

Ein kurzer Blick Poppaeas in Calpurnias Augen sagte ihr, dass die andere ihr Spiel natürlich durchschaut hatte. Doch was machte das? Poppaea wusste, dass Calpurnia schon das Richtige aus der Situation machen würde.

„Ich danke dir für deine großzügige Gabe. Doch eigentlich bin ich nicht wegen eines Spiels zu dir gekommen. Lass uns jetzt über Wichtigeres sprechen. Wann wird der Kaiser endlich bereit sein, sich von Octavia scheiden zu lassen?"

Poppaeas Gesicht verfinsterte sich ein wenig. „Ich habe einen Diener Octavias bestochen. Er wird vor Gericht bezeugen, mit der Kaiserin ehebrecherische Beziehungen unterhalten zu haben. Doch ich bin mir nicht sicher, ob seine Aussage das Gericht überzeugen wird."

„Das muss man abwarten", meinte Calpurnia ruhig. „Wenn dieses Geständnis nicht überzeugt, so bleibt immer noch die Tatsache bestehen, dass die Ehe des Kaisers seit Jahren kinderlos ist. Kein Gericht kann vom Kaiser verlangen, diese Ehe fortzusetzen."

Poppaea nickte zustimmend, versuchte ruhig zu bleiben, obwohl sie genau wusste, dass sie erst wieder zufrieden würde schlafen können, wenn sie mit Nero verheiratet war. Doch das konnte dauern. Prozesse schleppten sich für gewöhnlich hin.

Erschrocken zuckte Martianus zusammen, als sich plötzlich die Tür zu seiner Zelle öffnete. Zwei Prätoren standen im Eingang und gaben ihm durch einen Wink zu verstehen, dass er ihnen folgen sollte.

„Was soll das? Was wollt ihr von mir? Wohin bringt ihr mich?" Zögernd war Martianus aufgestanden.

„Halt das Maul und gehorche", entgegnete einer der Prätoren. Widerstrebend gehorchte Martianus und folgte den beiden einen schmalen, durch Fackeln erleuchteten Gang entlang. Der Gang endete in einer Wachhalle, in der die Soldaten, die zur Bewachung der Gladiatoren eingeteilt waren, sich niedergelassen hatten. Aufmerksam blickte Martianus sich um. Doch nichts schien darauf hinzuweisen, was man mit ihm vorhatte. Wartend betrachteten die beiden Prätoren ihn misstrauisch.

Martianus lächelte. Gewiss fragten die beiden sich in diesem Augenblick, ob sie im Ernstfall mit ihm fertig werden würden. Einige Augenblicke später erschien Spiculus in dem gleichen Gang, ebenfalls bewacht von zwei Prätoren. Martianus´ Blick traf den des Freundes. Erschrocken stellte er fest, dass in den Augen des anderen nichts als ergebene Resignation zu finden war. War es also soweit? War die Stunde ihres Todes gekommen? Doch warum jetzt, am Abend? Scheute Poppaea Sabina vielleicht die Öffentlichkeit? Befürchtete sie Ärger? Immerhin waren sie beide beim Volk beliebt.

Gerade als einer der Prätoren den Befehl zum Gehen gegeben hatte, sah Martianus Sporus die Halle betreten.

„Sag mir, Sporus, was soll das? Was hat das alles zu bedeuten?", bat Martianus.

Sporus wich dem Blick Martianus´ leicht verlegen aus, kannte er doch dessen Stolz.

„Nun, es scheint so, als hättet ihr beide noch einmal Glück gehabt. Poppaea Sabina hat euch heute beim Spiel verloren."

„Und an wen hat sie uns verloren?", fragte Martianus sofort.

„An eine ihrer engsten Vertrauten. Auch ihr habt ihren Namen sicher schon gehört. Sie heißt Calpurnia."

Auf Martianus´ Stirn zeigten sich Zornesfalten. „Das ist doch nicht wahr?", fragte er halb ungläubig, halb wütend.

„Doch", antwortete Sporus. „Genau das ist geschehen. Doch sieh es einmal von der guten Seite. Eine Frau wie Calpurnia hat an Gladiatoren kein Interesse. Sie wird euch gewiss weiterverkaufen, und bald werdet ihr wieder hier sein."

Spiculus, der alles schweigend mit angehört hatte, legte dem Freund die Hand auf die Schulter.

„Nimm es nicht so tragisch, Martianus. Wir werden beide leben, ohne uns gegenseitig umbringen zu müssen. Lass uns für diese Fügung des Schicksals dankbar sein."

„Dankbar?" Unwillig schaute Martianus den Griechen an. Manchmal verstand er ihn wirklich nicht mehr. „Begreifst du denn nicht? Poppaea will uns damit verhöhnen, aus keinem anderen Grund hat sie uns dieser Hure geschenkt."

„Nun, dann lass sie doch ihren Spaß haben. Was kümmert uns das?"

Verständnislos schüttelte Martianus den Kopf. Wie konnte Spiculus eine derartige Demütigung nur ohne Weiteres hinnehmen? Gewiss, sie waren Sklaven, waren dazu verurteilt, zu gehorchen. Doch selbst ein Sklave hatte doch ein Recht auf ein wenig Stolz und Selbstachtung.

Schweigend folgten die beiden Gladiatoren den Prätoren durch die dunklen Straßen Roms zur prachtvollen Via Lata, in der sie schließlich vor einem hellerleuchteten Haus stehen blieben. Eine zierliche, blasshäutige Gallierin öffnete auf das Klopfen von einem der Prätoren die Tür und ließ die römischen Soldaten mit den beiden Sklaven eintreten. Sie führte die kleine Gruppe bis vor den Speisesaal, in dem, dem Lärm nach zu urteilen, gerade ein Festmahl abgehalten wurde.

„Tretet ein. Die Herrin hat euch bereits erwartet."

Widerstrebend folgten die beiden Gladiatoren den römischen Soldaten in den festlich erleuchteten Saal, an dessen oberem Ende auf einem Ruhebett eine dunkelhaarige Frau lag. Ihr Haar war kunstvoll hochgesteckt und mit Perlen verziert, ihr hauchdünnes Gewand war fast durchsichtig.

Neben ihr, auf dem Ehrenplatz des Hauses, streckte sich einer der bekanntesten Senatoren Roms aus, Gaius Calpurnius Piso. Seinen glänzenden Augen nach zu urteilen hatte er dem Wein bereits reichlich zugesprochen. Martianus stockte das Blut in den Adern, als er den bekannten Senator neben Calpurnia entdeckte. Enttäuschung und Ekel stiegen in ihm auf. Von Piso hatte er mehr Moral erwartet. Schweigend wandte er seinen Blick vom Senator ab, der Frau zu, die ihn und Spiculus mit großen, durchdringenden Augen maß. Sie war weit jünger und schöner, als Martianus es ihrem Ruf nach erwartet hatte. Im Augenblick schien sie im Kreis der erlauchten Römer die Einzige zu sein, die nicht betrunken war. Ihre hellwachen, grünen Augen wirkten lebhaft und tückisch. Irgendwie berührten diese Augen Martianus auf eine unerklärliche, merkwürdige Art.

Calpurnias Blick streifte kurz den blonden, blauäugigen Griechen, dann wanderte er weiter zu dem schwarzhaarigen, breitschultrigen Martianus, dem momentanen Liebling aller Römerinnen. Für einen Moment nur traf ihr Blick den seinen. Doch dieser Augenblick genügte, um in Calpurnia ein merkwürdiges Gefühl wachzurufen. Verwundert fragte sie sich, warum ihr diese Augen so bekannt vorkamen. Dieser Mann, so fremd er ihr war, erinnerte sie doch an jemanden. Ein leichter Schauder lief Calpurnia über den Rücken. Hatte sie eben noch vorgehabt, ihren Gewinn in der erlauchten Runde ihrer Gäste zu versteigern und eine schöne Summe einzustreichen, so änderte sie ihre Absicht plötzlich. Eine innere Stimme sagte ihr, dass dieses Zusammentreffen kein Zufall war, dass hinter all dem ein Sinn stecken musste. Und irgendwann würde sie diesen ergründen.

„Nun, edle Gäste", scherzte sie laut. „Ihr seht, der Tag ist für manche Überraschung gut. War ich heute Morgen noch eine einsame Frau, so bin ich heute Abend die stolze Besitzerin der zwei stärksten Männer Roms."

Gelächter erfüllte den Raum. „Lass sie gegeneinander kämpfen, nur zum Spaß", drang es mehrfach aus dem Kreis der Gäste an Calpurnias Ohr. Doch Calpurnia schüttelte ablehnend den Kopf. „Soll in der Arena in Zukunft kämpfen wer will. Diese beiden haben ihren letzten Kampf gefochten."

„Soll das heißen, du willst sie in Zukunft der Arena vorenthalten?" Empörtes Geflüster machte sich breit.

„Genau das soll es heißen", erwiderte Calpurnia so fest entschlossen, dass keiner ihrer Gäste es mehr wagte zu widersprechen.

Durch einen Wink gab Calpurnia der kleinen Gruppe zu verstehen, dass sie sich entfernen sollte. Während die Prätoren, die ihren Auftrag erfüllt hatten, das Haus verließen, blieben Spiculus und Martianus unschlüssig in der Halle stehen.

„Hast du es gehört, Martianus? Sie will uns nicht mehr in die Arena schicken."

Erleichterung zeichnete sich in Spiculus´ Gesicht ab. „Wir werden nicht mehr kämpfen, nicht mehr töten müssen."

Martianus nickte finster. „Bleibt nur die Frage offen, was wir an Stelle dessen zu tun haben werden", meinte er grimmig.

Spiculus schwieg. Er ahnte, was Martianus meinte. Auch ihm war der Blick, mit dem Calpurnia Martianus betrachtet hatte, nicht entgangen.

Eine ältere, grauhaarige, in schlichtes weißes Leinen gekleidete Frau, die auf sie zukam, beendete für den Augenblick weitere Überlegungen.

„Ihr seid die beiden neuen Sklaven?" Prüfend glitt ihr Blick über die beiden jungen Männer. „Ich bin Epicharis, die Vorsteherin des Hauses. Folgt mir. Ich werde euch eure Schlafstelle für die Nacht zeigen. Morgen wird die Herrin selbst darüber entscheiden, was mit euch weiter geschehen soll."

Beide folgten sie der grauhaarigen Frau, die sie in einen Raum neben der Küche führte, in der bereits andere Sklaven schliefen. Epicharis wies auf zwei weitere, eilig hergerichtete Bettstellen, dann verschwand sie wortlos aus dem Raum.

Während Spiculus kurze Zeit später eingeschlafen war, lag Martianus noch lange wach. Vor sich sah er immer wieder das Augenpaar Calpurnias auftauchen, fremd und doch wieder irgendwie vertraut, das ihm einfach nicht aus dem Kopf gehen wollte. Gewiss, diese Frau war schön, eine lebendige Verkörperung der Venus. Aber dennoch war sie eine gewöhnliche Hure, nichts weiter. Eine solche Frau war es nicht wert, dass man einen Gedanken an sie verschwendete.

Während Calpurnia Gaius Calpurnius Piso zärtlich lächelnd zu sich aufs Bett zog, sein Glied mit geschickten Fingern in Erregung versetzte und dann zwischen ihre Schenkel führte, sah sie Martianus´ Bild erneut vor sich auftauchen, und eine bis dahin ihr unbekannte Lust übermannte sie. Ein Schauder brachte ihren Körper zum Brennen. Und plötzlich ahnte sie es, fühlte es ganz deutlich in ihrem Herzen, das war die Liebe, an die sie nie geglaubt hatte.

Gaius Calpurnius Piso, auf den die Ekstase Calpurnias wie ein Funke übergesprungen war und ihn in einen Rausch der Lust versetzt hatte, vergaß für einen Augenblick all seine Qualen. Seit er Livia auf unerklärliche Weise verloren hatte, hatte er bei keiner Frau mehr so empfunden wie in diesem Augenblick bei Calpurnia. Gewiss, er hatte vor zwei Jahren wieder geheiratet. Doch die mit Satria Galla eingegangene Ehe war eine Vernunftehe. Jeder von ihnen ging seine eigenen Wege. Ihre Gemeinschaft bestand nur nach außen hin. Umso mehr erschreckte es ihn, dass eine Frau wie Calpurnia jene längst vergessen geglaubte Leidenschaft erneut in ihm zum Glühen bringen konnte. Ahnungsvoll stöhnte er im Rausch der Ekstase auf. Er fühlte, für diese Lust würde er bezahlen müssen, und zwar keinen geringen Preis.

Das ganze Haus schien noch in tiefem Schlaf zu liegen, als Martianus aus einem kurzen, unruhigen Traum erwachte. Von Rastlosigkeit getrieben schlich er leise, um die noch Schlafenden nicht zu wecken, hinaus in die Küche, von wo aus er einen guten Blick auf das Atrium des Hauses hatte. Eine Weile verbrachte er grübelnd vor dem niedergebrannten Herdfeuer. Die darin enthaltene Asche starrte ihm grau und kalt entgegen. Irgendwie glich sie der Trostlosigkeit seines eigenen Schicksals. Wie sollte es nur mit ihm weitergehen? Wie weit würde er noch sinken, ohne sich erfolgreich gegen sein Schicksal wehren zu können? Alles hatte das Leben ihm bereits genommen, bis auf seinen Stolz. Er wenigstens war ihm bis gestern geblieben. Doch würde er als Sklave dieser Frau nicht auch darauf verzichten müssen? Martianus schauderte bei dem Gedanken an eine ungewisse Zukunft.

Rasche, die Stille des Hauses durchbrechende Schritte rissen Martianus schließlich aus seinen trüben Betrachtungen. Sein Blick streifte Gaius Calpurnius Piso, der gerade im Begriff war, das Haus Calpurnias zu verlassen. Vermutlich wollte er aus dem Haus sein, bevor die Straßen Roms zum Leben erwachten und er gesehen werden konnte.

Wut veranlasste Martianus dazu, die Fäuste zu ballen. Ja, eigentlich war es das gewesen, was seinem Unterbewusstsein keine Ruhe gegönnt hatte. Er hatte diese Gewissheit gebraucht. Doch nun, da er sie unwiderruflich besaß, war er keineswegs glücklicher. Piso, einer der angesehensten römischen Senatoren, war einer der Liebhaber seiner neuen Herrin. Welcher Hohn des Schicksals! Martianus starrte Piso nach, bis er das Haus verlassen hatte.

„Du bist schon wach?"

Erschrocken zusammenfahrend blickte Martianus in die Richtung, aus der die Stimme gekommen war.

„Ach, du bist es", entfuhr es ihm erleichtert, als er in der Rednerin die junge Gallierin vom Abend erkannte. „Ich habe nicht schlafen können. Darum bin ich aufgestanden."

Biblis nickte verständnisvoll. „Es ist immer ein sonderbares Gefühl, einen neuen Herrn zu bekommen", meinte sie teilnahmsvoll. „Ich erinnere mich noch genau daran, wie ich vor einigen Monaten in dieses Haus kam. Eigentlich bin ich gekauft worden, um in dem Haus, das die Herrin an der Mulvischen Brücke führt, zu arbeiten. Doch Epicharis hat mich vor diesem Schicksal bewahrt. Ich habe ihr viel zu verdanken."

„Ist das die Vorsteherin des Hauses?", fragte Martianus neugierig.

Biblis nickte. „Ja, sie steht dem Haushalt vor. Die Herrin lässt ihr in fast allem freie Hand. Unterschätze ihre Macht also nicht. Sie ist die Einzige, der unsere Herrin uneingeschränkt Vertrauen entgegenbringt."

„Woher weißt du das so genau?", fragte Martianus interessiert.

„Nun, das merkt man eben. Sie spricht mit keinem von uns Sklaven mehr als unbedingt nötig. Wenn sie hier ist, will sie meistens allein und ungestört sein. Oft sperrt sie sich stundenlang in ihr Schlafgemach ein und duldet niemanden in ihrer Nähe. Ich weiß nicht, wie ich es erklären soll, aber manchmal ist sie mir richtig unheimlich. Obwohl sie sich von uns fernhält, weiß sie doch von jedem von uns alles."

„Sie scheint also ein richtiger Hausdrachen zu sein, meine neue Herrin", scherzte Martianus.

„Nein, nein", wehrte Biblis entschieden ab. „So habe ich das nicht gemeint. Im Gegenteil. Sie ist oft sogar sehr großzügig und nachsichtig. In diesem Haus ist noch niemals ein Sklave geschlagen worden, egal, was er getan hat. Selbst als ich neulich eine wertvolle, aus Griechenland stammende Keramikvase zerbrach, meinte sie nur, ich solle das nächste Mal besser aufpassen. Sie ist wirklich eine milde und gütige

Herrin. Und trotzdem habe ich oft entsetzliche Angst vor ihr. Manchmal starrt sie mich mit ihren schönen grünen Augen so merkwürdig an. Mir ist dann, als ob sie mich gar nicht wahrnehmen würde, als ob sie durch mich hindurchschaute und etwas ganz anderes sehen würde. Auch den anderen ist das schon passiert. Sie ist eben – nun – unheimlich. Doch ich plaudere mit dir, rede unsinniges Zeug, während sie auf den Wein wartet, den ich ihr bringen soll. Entschuldige mich also."

Lächelnd blickte Martianus dem hübschen blonden Mädchen nach, wie es mit einer frisch gefüllten Karaffe mit rotem Wein in der Hand wieder verschwand. Welchen Reim sollte er sich auf Biblis Gerede machen. Unheimlich! Ihm war Calpurnia keineswegs unheimlich vorgekommen, sondern eher wie eine Frau, die genau wusste, was sie wollte, die berechnend und kaltblütig ihren Vorteil zu nutzen verstand und keine Chance an sich vorbeiziehen ließ. Doch wer wusste schon wirklich, wie ein anderer war, kannte man sein eigenes Wesen doch oft nicht einmal.

Leicht nervös saß Calpurnia gegen Mittag auf einer Steinbank ihres von hohen Mauern umgebenen Gartens im Schatten eines Säulengangs und blickte träumend auf den in der Mitte des Gartens plätschernden Springbrunnen. Sie wartete auf das Erscheinen ihrer beiden neuen Sklaven. Jetzt kam ihr die Aufregung, in die Martianus' Anblick sie am vergangenen Abend versetzt hatte, fast lächerlich vor. Sie, eine Frau, die mit ihren zwanzig Jahren mehr Erfahrung mit Männern hatte, als zehn vornehme

Römerinnen in ihrem ganzen Leben je würden sammeln können, hätte sich der Erregung in ihrem Innern erwehren können müssen. Würde sich das gleiche Gefühl, das sie am vergangenen Abend überwältigt hatte, erneut einstellen? Oder würde sie sich in wenigen Augenblicken vielleicht fragen, welcher Sinnestäuschung sie in der vergangenen Nacht erlegen war.

Als Spiculus und Martianus einige Augenblicke später gewaschen und in sauberes Leinen gekleidet vor ihr erschienen, kannte Calpurnia die Antwort. Ihr Herz sang wie ein Vogel. Sie konnte sich dieser Gefühlsaufwallungen in ihr wieder nicht erwehren. Trotzdem gelang es ihr, nach außen hin kalt und teilnahmslos zu erscheinen.

„Du hast uns rufen lassen, Herrin."

Es war Spiculus, der das Sprechen übernommen hatte.

„Ja", antwortete Calpurnia, während ihr Blick den sich im Hintergrund haltenden Martianus streifte. „Ich denke, es ist Zeit, dass wir miteinander reden. Wie ich bereits erwähnte, habe ich nicht die Absicht, euch zurück in die Arena zu senden. Ich hoffe, ihr könnt euch etwas anderes vorstellen, als eure Kräfte in blutigen Kämpfen zu vergeuden."

„Gewiss, Herrin", antwortete Spiculus sofort. „Es ist eine Sünde zu töten und eine doppelte Sünde, es zum Vergnügen zu tun."

„Wenn ich deine Antwort richtig deute, so spricht aus dir der Christ", entgegnete Calpurnia scharf. Ihr Blick war plötzlich durchdringend geworden, musterte Spiculus nachhaltig.

„Ja, Herrin, ich bin Christ. Ich glaube an den einzigen wahren Gott, vor dem alle Menschen gleich sind", erwiderte Spiculus, seinen ganzen Mut aufbringend, denn schließlich war es gefährlich, sich zu den Christen zu bekennen, wusste man doch nie genau, wie dieses Eingeständnis aufgenommen wurde. Ängstlich wartete er darum auf eine Antwort seiner neuen Herrin. Doch diese blickte an ihm vorbei zu Martianus.

„Und du, gehörst du auch zu dieser Sekte?", wollte sie wissen.

„Nein, Herrin", antwortete Martianus trotzig. „Dieser Glaube ist nichts für mich. Ich bin es gewohnt zurückzuschlagen, wenn mich jemand schlägt."

Auf Calpurnias Gesicht zeichnete sich ein flüchtiges Lächeln ab.

„Darin zumindest ähnelst du mir", meinte sie, um sich dann erneut an Spiculus zu wenden. „Und dir, Grieche, rate ich, dich nicht jedem gegenüber freimütig zu den Christen zu bekennen. Das könnte für dich sonst einmal gefährlich werden. Noch sind es wenige, die diesem Glauben anhängen. Aber sollte ihre Zahl weiterwachsen, wird Rom gewiss etwas gegen sie unternehmen. Doch nun zum Wesentlichen. Ich betrachte es als eine Fügung der Götter, dass Poppaea euch mir großzügigerweise überlassen hat. Dient mir gut, seid verschwiegen, und es soll nicht euer Schaden sein."

„Was erwartest du, Herrin?"

Abermals lächelte Calpurnia. „Das ist die Art, die ich schätze. Immer gleich zum Kern der Dinge kommen. Ich will es euch also ohne Umschweife sagen. Rom ist eine große Stadt, in der es viele dunkle

Kanäle gibt. Um hier zu überleben, ist es nötig, immer mehr zu wissen als andere. Doch für eine Frau wie mich ist es nicht immer ungefährlich, in die Vorstadt zu gehen, um das nötige Wissen zu erlangen."

„Du meinst also, wir sollen dir Spitzeldienste leisten?", fragte Martianus scharf.

„Ich meine", erwiderte Calpurnia noch immer freundlich, „dass ihr mir Informationen beschafft, Leute überwacht, von denen ich wissen will, was sie tun und mit wem sie sich treffen, die Meinung der Menschen erkundet und mich unterrichtet. Außerdem werdet ihr mich auf meinen Wegen durch die Stadt als meine Wachen begleiten. Die Stadt ist gefährlich geworden."

„Damit du dein Wissen an Poppaea weiterleiten kannst. Du bist also eine ihrer vielen Spitzel."

Der anmaßend scharfe Ton, den Martianus anschlug, war für einen Sklaven mehr als nur ungehörig.

„Martianus", mahnte Spiculus darum. „Überlege dir, was du sagst."

Doch wider Erwarten schien Calpurnia Martianus´ Unverschämtheit nicht tragisch zu nehmen.

„Poppaea erfährt von mir, was ich für gut und richtig halte, Martianus. Ich aber will alles wissen. Nichts ist so unwichtig, dass man es vielleicht nicht einmal verwenden könnte. Du bist doch ein gescheiter junger Mann. Und du bist ehrgeizig. Dienst du mir gut, wirst du irgendwann den Freibrief von mir erhalten, ebenso wie du, Spiculus. Eure erste Aufgabe wird es sein, das Haus des Senators Piso so unauffällig wie möglich zu überwachen. Ich möchte wissen, wer dort ein und aus geht, wer zu den

Freunden Pisos gehört, wer die Freunde seiner Frau sind und was für Absichten diese Leute haben."

Fragend blickte Calpurnia von einem zum anderen. Beide schienen sie von dieser Aufgabe nicht besonders begeistert zu sein. Doch hatten sie keine andere Wahl, als zu gehorchen.

Mit trauriger Hilflosigkeit beobachtete Epicharis, wie die Dinge um sie herum immer verfahrener wurden. Da war Calpurnia, der ihre ganze Liebe und Zuneigung gehörte, die sich ihr jedoch immer mehr entfremdete. Immer häufiger fragte Epicharis sich, ob sie Calpurnia überhaupt jemals gekannt hatte. Doch nicht nur der Abgrund in Calpurnias Innern bereitete der alten Frau Kopfschmerzen. Ihrem scharfen Blick war es nicht entgangen, welch sonderbare, zwiespältige Gefühle Calpurnia für den Sklaven Martianus hegte. Ihm gegenüber zeigte sie sich oft großzügiger, als es eigentlich gut war. Doch Martianus erwiderte ihre Fürsorge mit kalter Ablehnung. Wie lange würde Calpurnia die aufsässige Hochmütigkeit dieses Mannes noch ertragen? Überhaupt, warum behandelte Martianus seine Herrin so abweisend, hatte er doch allen Grund, ihr dankbar zu sein. Und nicht nur das. Irgendwann, wenn Poppaea Sabina ihr Ziel erreicht hatte, würde sie sich gewiss der Niederlage entsinnen, die ihr zwei aufsässige Sklaven einst zugefügt hatten. Dann würden die beiden in Calpurnia wahrscheinlich ihre einzige Stütze haben. Spiculus schien dies klar zu sein. Doch Martianus?

Epicharis seufzte. Sie ahnte, was Martianus von Calpurnia forttrieb, obwohl auch in seine Augen ein gewisses Leuchten trat, wenn er in ihrer Nähe weilte. Doch Martianus gehörte zu jener Gruppe von Männern, die zwar bereit waren, mit einer Hure zu schlafen, aber deren Ehrgefühl es verbot, eine solche Frau wirklich zu lieben.

Natürlich hatte Calpurnia die Macht, Martianus in die Knie zu zwingen. Doch es war unter ihrer Würde, Druck auszuüben. Sie wusste, irgendwann würde er sich ihrem Zauber nicht mehr entziehen können, so sehr er es auch versuchte, und sie hatte genügend Zeit, auf diesen Augenblick zu warten. Bis hierher war die Situation noch durchschaubar. Das eigentliche Problem war erst durch die Tatsache aufgetaucht, dass Martianus sich in seiner Einsamkeit und Niedergeschlagenheit der jungen Biblis zugewandt hatte. Was würde geschehen, wenn Calpurnia dies herausfand? Davor fürchtete Epicharis sich und darum wollte sie es nach Möglichkeit verhindern. So beschloss sie, Martianus ins Gewissen zu reden, um ihn zur Vernunft zu bringen.

„Biblis war letzte Nacht wieder nicht in ihrem Bett", sprach sie Martianus an, als er im Keller Weinkrüge sortierte.

„Sie war bei mir, und das weißt du doch ganz genau", entgegnete Martianus gereizt.

„Ja, das weiß ich. Aber die Herrin weiß es nicht. Was, glaubst du, wird sie tun, wenn sie es erfährt?"

Martianus zuckte gleichgültig mit den Schultern. „Was soll sie schon tun?"

„Nun," antwortete Epicharis ruhig. „Sie könnte Biblis dorthin schicken, wo sie eigentlich hinsollte. Hast du darüber schon einmal nachgedacht?"

Martianus schwieg einen Moment betroffen, dann antwortete er störrisch: „Sie braucht es ja nicht zu erfahren. Oder willst du es ihr vielleicht erzählen?"

„Nein, das werde ich nicht, und das weißt du ganz genau. Doch wenn du so weitermachst, wird sie es irgendwann doch herausbekommen. Bitte, Martianus, denke nicht nur an dich, denke auch an das Mädchen."

„Ich liebe sie. Willst du mir das verbieten?", fragte Martianus herausfordernd.

„Nein", erwiderte Epicharis resignierend. Sie sah ein, dass sie Martianus nicht würde zur Vernunft bringen können. „Ich hoffe nur, du weißt, was du tust. Deine Herrin ist dir sehr zugetan. Aber glaubst du wirklich, dass sie dich weiter mit so viel Nachsicht behandelt, wenn sie herausfindet, dass du sie nicht nur verachtest, sondern auch noch verhöhnst? Hüte dich, Martianus. Das Seil, auf dem du tanzt, ist sehr dünn. Und unterschätze deine Herrin nicht. Bis jetzt hast du sie noch nicht kennengelernt."

Ohne Martianus eines weiteren Blickes zu würdigen, wandte die alte Frau sich ab. Nachdenklich schaute Martianus ihr nach. Was mochte sie mit dieser Andeutung wohl gemeint haben?

Die Scheidung des Kaisers von Octavia zog sich hin. Der Aussage des von Poppaea Sabina bestochenen Sklaven hatte das Gericht keinen Glauben geschenkt. So war Nero schließlich nur noch der Scheidungsgrund geblieben, dass Octavia unfruchtbar sei. Dieser Tatsache hatte sich das Gericht nicht entziehen können, und so war Nero schließlich nach langem Ringen doch ein freier Mann. Großzügig überhäufte er seine Exfrau mit einer fürstlichen Abfindung, mit Landgütern, Besitzungen und einem Stadtpalais. Doch das alles konnte die öffentliche Meinung nicht umstimmen. Das Volk bekundete überall seine Sympathie für die Exkaiserin, stürzte die aufgestellten Statuen der Poppaea Sabina und forderte von dem Kaiser, Octavia zurückzuholen.

Erfüllt von Furcht und Zorn wanderte Poppaea Sabina durch den Kaiserpalast. Sie wusste, von ihren nächsten Handlungen würde ihr Leben abhängen. Sie konnte sich in dieser schwierigen Situation keinen Fehler leisten. Das Volk hasste sie. Wahrscheinlich würde es sich mit ihr niemals abfinden, solange ihre Nebenbuhlerin noch lebte. Doch wie sollte sie den Kaiser dazu bringen, Octavia endgültig zu beseitigen? Eile tat not, denn je länger der Kaiser zögerte, umso kritischer wurde ihre Lage.

Nachdenklich blickte Poppaea Sabina vom Balkon ihres Gemachs hinunter zu der brodelnden Masse, die sich gegen sie verschworen zu haben schien. Wem konnte sie noch wirklich vertrauen? Von wem konnte sie einen guten Rat erwarten? Keiner kannte sich in der Wandelbarkeit der Volksmeinung besser aus als Calpurnia. Sie war die Einzige ihrer Freundinnen, die genügend Verstand besaß, um das drohende Verhängnis wirksam zu bekämpfen. Doch aus irgendeinem Grund widerstrebte es Poppaea, diese zwielichtige Frau erneut um Rat zu bitten. Nur, wer konnte ihr sonst noch raten, ihr aus ihrer fatalen Lage einen Ausweg weisen. Calpurnia hatte sie noch niemals enttäuscht. Doch merkwürdigerweise hatte sie für all ihre Hilfe auch noch niemals eine Gegenleistung gefordert.

„Geh, Claudia", befahl sie ihrer Dienerin nach einigem Zögern. „Geh zum Haus der Calpurnia und sage ihr, dass ich sie umgehend zu sehen wünsche."

Als Calpurnia sich zwei Stunden später vor der zukünftigen Kaiserin Roms verneigte, stand in Poppaeas Gesicht die nackte Angst geschrieben. Das Geschrei der Massen reichte von der Stadt bis zum Palatin hinauf.

„Octavia, rufen sie, und >Nieder mit Poppaea<", sagte Poppaea totenblass. „Was soll ich nur tun? Selbst der Kaiser ist ins Wanken geraten. Er fürchtet die Massen und hegt Octavia gegenüber Schuldgefühle."

„Du hast ein gewagtes Spiel gespielt, Poppaea. Jetzt, kurz vor dem Ziel, wirst du doch nicht aufgeben? Was kümmert dich das Volk dort draußen? Es wird sich wieder beruhigen. Nur der Kaiser ist jetzt wichtig. Wenn er auf deiner Seite steht, hast du nichts zu befürchten."

„Aber auch er beginnt zu zweifeln. Burrus Schilderung der Lage in der Stadt hat ihn das Fürchten gelehrt."

„Dann treibe du ihn an, Poppaea. Fordere die Hochzeit."

„Er zögert sie hinaus, will abwarten, bis das Volk sich beruhigt hat."

Calpurnia dachte einen Augenblick lang nach. Dann meinte sie lächelnd: „Bist du davon überzeugt, dass er dich noch immer begehrt?"

„Natürlich tut er das", erwiderte Poppaea fest.

„Dann stelle ihm ein Ultimatum. Entweder er heiratet dich, oder du verlässt ihn. Außerdem unterstelle Octavia aufrührerische Umsturzversuche. Lehre ihn das Fürchten vor dieser Frau. Das wird ihn am schnellsten in deine Arme treiben."

Poppaea schwieg einen Augenblick. „Vielleicht hast du recht", meinte sie schließlich. „Wenn der Kaiser Angst hat, ist er wie ein kleines Kind, das Schutz sucht. Furcht würde ihn in meine Arme treiben. Und wenn ich erst sein Ja zu allem habe, werde ich die Angelegenheit mit Octavia schon zu regeln wissen. Ja - so wird es gehen. Wäre dieser Burrus nicht, wäre ich wahrscheinlich schon längst am Ziel meiner Wünsche. Dieser einstige Vertraute Agrippinas ist mein heimlicher Feind. Ich bin sicher, hinter meinem Rücken intrigiert er gegen mich."

„Dann zögere nicht, ihn als Nächsten zu vernichten."

Poppaeas hellblaue Augen leuchteten listig auf. „Das werde ich auch nicht, Calpurnia, darauf kannst du dich verlassen. Sein Einfluss stört mich schon lange, ebenso wie der Senecas. Beide werde ich aus dem Weg räumen, wenn ich erst Neros Frau bin. Ich gehe jetzt zum Kaiser. Danke für deinen Rat. Ich werde es dir nicht vergessen."

Calpurnia verneigte sich kurz und verließ dann Poppaeas Zimmer mit einem zufriedenen Lächeln auf den Lippen. Neros bevorstehende Heirat mit dieser Frau war der erste Schritt in sein Verderben. Poppaea würde alle wirklichen Freunde des Kaisers von seiner Seite treiben, um freie Hand zu haben. Damit würde sie den Fall des Kaisers langsam, aber unaufhaltsam vorantreiben, ganz nach Calpurnias Willen. Erst

Agrippina und dann ihren Sohn zu vernichten, dass hatte sie sich einst geschworen, in jener ersten Nacht in einem Bordell in Antiochia, als ein betrunkener Seemann sie brutal vergewaltigte und mit dieser Tat für immer alles Gute in ihr zerstörte. Hass war es, der sie damals hatte weiterleben lassen. Er war im Umgang mit Männern ihr Lehrer geworden. Er hatte sie bisher nach Rom zurückgeführt, um Vergeltung zu üben und dadurch endlich Frieden zu finden.

Fassungslos starrte Martianus vor sich hin. Wovor Epicharis ihn gewarnt hatte, war eingetreten. Biblis war schwanger. Nun würde er sein Verhältnis mit ihr vor Calpurnia nicht mehr geheim halten können. Doch was sollte nun werden? Natürlich würde er die ganze Schuld auf sich nehmen, würde das Mädchen zu schützen versuchen. Aber würde das viel nützen? Würde Calpurnias zu erwartender Zorn sich auf ihn beschränken und Biblis verschonen? Oder würde sie Biblis tatsächlich, wie Epicharis es angedroht hatte, in ein Bordell stecken? Martianus schauderte bei diesem Gedanken. So stark wie seit langem nicht mehr fühlte er das Joch der Sklaverei auf sich lasten. Mochte er jetzt tun, was er wollte. Letztendlich würde Calpurnia entscheiden. Sein und Biblis Schicksal lagen in ihrer Hand. Wie sehr wünschte Martianus sich in diesem Augenblick, die ganze Zeit über den Zorn Calpurnias nicht so sehr herausgefordert zu haben. Selbst demütige Reue würde ihm jetzt vielleicht nichts mehr nützen.

103

„Ich werde zu ihr gehen und es ihr sagen", meinte Martianus nach längerem Überlegen. „Etwas anderes bleibt uns jetzt gar nicht übrig."

Ängstlich schüttelte Biblis den Kopf. „Tu das nicht, Martianus. Vielleicht könntest du deinen Hochmut wieder einmal nicht bezwingen. Und der hilft uns jetzt am wenigsten."

„Was sollen wir denn sonst tun, Biblis? Die Wahrheit wird in jedem Fall herauskommen. Ist es da nicht besser, sie gleich zu gestehen?"

„Du weißt, dass ich dich liebe, Martianus." Biblis Augen füllten sich mit Tränen. „Aber auch die Herrin war dir bis heute gewogen. Wenn sie nun die Wahrheit erfährt, wird sie dich vielleicht hassen. Keine Frau erträgt es, zurückgewiesen zu werden, und schon gar nicht von einem Sklaven. Sie wird uns beide vernichten."

„Gewiss, das kann sie tun", antwortete Martianus düster. „Doch ich kann nicht länger mit solch einer Lüge leben. War es nicht schon feige genug von mir, es vor ihr zu verheimlichen? Wie lange soll ich mich noch verstecken? Nein, Biblis, sie soll die Wahrheit erfahren, gleich jetzt."

„Heute wäre ganz gewiss der falsche Tag. Sie ist zur Hochzeit des Kaisers geladen. Verdirb ihr das Fest nicht. Geh zu Epicharis und sprich mit ihr. Wenn es einen Menschen gibt, der die Herrin davon abbringen kann, uns allzu hart zu bestrafen, dann ist sie es."

Martianus überlegte einige Augenblicke, dann nickte er. „Einverstanden. Vielleicht hast du recht. Legen wir unser Schicksal in Epicharis Hände."

Müde, aber mit sich und dem Erreichten zufrieden, betrat Calpurnia in den frühen Morgenstunden ihr Haus. Die zwei Dienerinnen, die auf die Rückkehr ihrer Herrin wartend im Vorzimmer des Schlafgemachs eingeschlafen waren, erwachten erst durch die Geräusche, die Calpurnia machte. Sofort eilten sie herbei, um der Herrin beim Entkleiden behilflich zu sein. Doch Calpurnia schickte sie fort. Sie wollte mit sich und ihrem errungenen Triumpf allein sein.

Zwölf Tage nach der Scheidung des Kaisers hatte Nero Poppaea Sabina geheiratet. Außerdem hatte der Kaiser Anicetus, der ihm bereits bei der Ermordung Agrippinas behilflich gewesen war, befohlen, sich selbst des begangenen Ehebruchs mit Octavia zu bezichtigen. Auf diese Weise hoffte er, die lästig gewordene Exfrau endgültig loszuwerden.

Einem Mann wie Anicetus musste das Gericht Glauben schenken.

Mit einer schwach leuchtenden Öllampe in der Hand betrat Calpurnia ihr Schlafgemach. Gerade ließ sie sich auf ihr Bett fallen, als sie plötzlich spürte, dass sie nicht allein im Raum war. Suchend durchstreifte ihr Blick das Zimmer. Ihr gegenüber, auf einem Ruhebett, die Augen starr auf sie gerichtet, saß Epicharis.

„Was suchst du denn hier?", fragte Calpurnia Epicharis leicht entsetzt.

„Ich muss mit dir reden", antwortete die alte Freundin bestimmt.

„Hat das denn nicht Zeit, bis ich ausgeschlafen bin?", wehrte Calpurnia ab.

„Vielleicht hätte es das. Aber ich denke, es ist besser, wenn du es gleich erfährst. Dann hast du etwas mehr Zeit, dir die Angelegenheit durch den Kopf gehen zu lassen."

„Worum geht es? Du machst mich neugierig."

„Gestatte mir zuerst eine Frage in aller Freundschaft, Calpurnia. Ich beobachte dich schon seit langem."

„Warum das?"

„Nun, weil ich allen Grund zu der Annahme habe, dass dein Herz mehr an einem bestimmten Sklaven hängt, als es eigentlich gut ist. Sage mir ehrlich, was empfindest du für ihn?"

Calpurnias Lippen öffneten sich, um zu protestieren. Doch sogleich schlossen sie sich wieder. Dem durchdringenden Blick Epicharis´ konnte sie sich nicht entziehen. Nein, sie wollte die alte Freundin nicht belügen.

„Ich befürchte, ich habe mich in ihn verliebt."

In Epicharis´ Stirn vertieften sich die Falten. Sie wirkte plötzlich uralt.

„Das habe ich auch befürchtet. Umso schwerer fällt es mir, dir die Augen öffnen zu müssen. Martianus ist schon lange mit Biblis zusammen. Das Mädchen erwartet ein Kind von ihm. Die beiden behaupten, sich zu lieben, Calpurnia."

Calpurnias Augen verengten sich zu zwei schmalen Schlitzen. „Das ist nicht wahr, Epicharis. Das kann nicht wahr sein. Das glaube ich nicht."

Als Epicharis ihren Unglauben mit Schweigen beantwortete, begann Calpurnia am ganzen Körper zu zittern. Zorn verzerrte ihr Gesicht, machte es zu einer hässlichen Fratze.

„Das wird er büßen, das schwöre ich dir. Wenn ich mit ihm fertig bin, wird er sich wünschen, nie geboren zu sein", zischte sie.

„Kind", entgegnete Epicharis sanft. „Du bist jetzt verletzt, fühlst dich zurückgestoßen. Jede andere Frau würde an deiner Stelle im ersten Augenblick genauso reagieren. Aber denke weiter, Calpurnia. Was würde es dir nützen, die beiden zu zerstören. Würde dir das Befriedigung verschaffen? Dann liebst du nicht wirklich, Calpurnia. Übst du jetzt Rache, dann zeigst du nur allzu deutlich, wie sehr dein Stolz und deine Eitelkeit verletzt sind. Und noch etwas denke ich dir als lebenserfahrene Frau sagen zu dürfen. Wenn dir an diesem Sklaven wirklich etwas gelegen war, hast du es völlig falsch angefangen. Wie konntest du ihm deine Zuneigung nur so offen zeigen? Ein stolzer Mann will erobern. Und Martianus ist ein stolzer Mann, eher bereit zu sterben als sich demütigen zu lassen. Du hättest ihm Respekt und Achtung vor dir einflößen müssen, anstatt ihn mit Wohltaten zu überschütten."

Tränen steigen Calpurnia in die Augen. „Was soll das jetzt noch? Die kleine Schlampe werde ich morgen verkaufen. Und ihm werde ich die Peitsche zu spüren geben, bis er nichts mehr weiter ist als ein winselnder Hund."

„Und damit tust du genau das, was von dir in dieser Situation erwartet wird. Auf diese Weise gewinnst du überhaupt nichts. Denk darüber nach, mein Täubchen. Wo ist die kluge Frau in dir, die die Männer in die Knie zu zwingen versteht? Da empfindest du für einen Mann tatsächlich einmal etwas und schon vergisst du alle Prinzipien. Er ist schließlich auch nur ein Mann,

Calpurnia. Denke daran. Hast du denn alles vergessen, was ich dir beigebracht habe? Einmal verliebt, verlierst du den Kopf und den Überblick."

„Er liebt sie doch, sagst du", schluchzte Calpurnia.

„Er glaubt, sie zu lieben", berichtigte Epicharis. „Aber im Gegensatz zu dir habe ich Augen im Kopf. Er umarmt sie und denkt dabei an dich. Dessen bin ich mir ganz sicher. Öffne ihm die Augen über sich selbst. Lass endlich wieder deinen Verstand und nicht dein Herz sprechen. Glaub mir, auf diese Weise wirst du ihn am meisten treffen."

Epicharis stand auf. Ihre Hand ruhte einen Augenblick lang zärtlich auf Calpurnias schwarzglänzendem Haar. Dann wandte sie sich ab und ging. Schweigend blickte Calpurnia ihr nach. Ein Sturm tobte in ihrem Innern. Erste Rachegedanken lösten schließlich kühle Überlegungen ab. Kein Mann in ihrem Leben hatte sie bisher derart gedemütigt. Nun war es an ihr zu demütigen. Gleich heute würde sie damit beginnen. Kein Mann durfte ungestraft ihre Liebe zurückweisen. Martianus würde eines Tages noch um ihre Liebe betteln. Doch er würde es vergebens tun.

Es war bereits Mittag, als Calpurnia aus dem Schlaf erwachte. Der Sturm in ihrem Innern hatte sich gelegt. Doch er hatte beträchtliche Verwüstungen zurückgelassen. Der zarte Keim der Liebe, der in der trostlosen Wüste ihres Herzens zu sprießen begonnen hatte, war entwurzelt worden. Nichts als Sand und Staub waren übriggeblieben.

Nachdenklich trat Calpurnia vor ihren großen Kupferspiegel. Mit etwas Wasser benetzte sie die leicht geröteten Augen und betrachtete danach ihr Spiegelbild. Ihr langes, tief in den Rücken reichendes Haar glänzte pechschwarz. Es war das gleiche Haar, das ihre Mutter gehabt hatte. Ihre langgezogenen grünen Augen hingegen mussten einer Mischung vom Braun, der Augenfarbe ihrer Mutter, und blau, der Augenfarbe ihres Vaters, entstammen. Zu ihrem schwarzen Haar und ihrem vollen, roten Mund bildeten sie einen erregenden Kontrast. Versonnen betrachtete Calpurnia ihren nackten, schlanken, biegsamen Körper mit den kleinen, runden Brüsten, der schmalen Taille und den langen Beinen. Mit ihren vierundzwanzig Jahren hatte sie noch immer die Figur eines jungen Mädchens. Die Körper der meisten Frauen ihres Alters waren von den Spuren ihrer Schwangerschaften gezeichnet. Nicht so der ihre. Doch obwohl Calpurnia dies mit Stolz erfüllte, konnte sie plötzlich einen bitteren Beigeschmack in ihrem Mund spüren. Die Tatsache, dass sie niemals ein Kind würde bekommen können, lastete in diesem Augenblick schwerer als sonst auf ihr. Dieses Wissen verbreiterte die Kluft in ihrer Seele. Gleich nachdem man ihr ihre Unschuld und ihr Schamgefühl geraubt hatte, hatte man ihr auch ihre Fruchtbarkeit genommen, denn eine Hure, die ein Kind bekam, war für das Geschäft nicht gut. Abtreiben hatte sie müssen und dadurch für immer die Chance auf ein Kind verloren. Nur knapp war sie selbst dem Tod entkommen.

Calpurnia schluchzte leise in sich hinein. Bis zur vergangenen Nacht hatte sie geglaubt, über all diese schrecklichen Erlebnisse hinweg zu sein. Doch nun! Eine andere würde von Martianus ein Kind bekommen, würde ihm das geben, was ihr toter Körper niemals würde geben können. Wie hatte sie nur so blind sein können? Natürlich hatte sie gemerkt, dass Martianus sich ihr entzog, ihr auswich, so gut er konnte, dass er verachtete, was sie war, die schönste, gebildetste und reichste Hure Roms, eine Frau, die sich ihre Liebhaber in den ältesten römischen Adelsfamilien suchte, sie selbst wählte, anstatt erwählt zu werden.

Doch all das hatte sie ihm verzeihen gekonnt, hatte er doch weder ihr noch einer anderen gehört. Es war für sie eine Art von Spiel gewesen, das, je länger es dauerte, umso interessanter zu werden schien. Manchmal hatte Calpurnia sogar befürchtet, dass die Erfüllung ihres Wunsches dem Spiel allen Reiz nehmen würde. Deshalb hatte sie sich diesen Traum eigentlich gar nicht wirklich erfüllen wollen. Doch nun hatte er ihr die Illusion geraubt, indem er ihr gezeigt hatte, dass auch er nichts weiter war als ein Mann, der sich von seinen Trieben leiten ließ.

Entschlossen schluckte Calpurnia den in ihr aufsteigenden Zorn hinunter. Epicharis hatte recht. Sie sollte sich nicht anmerken lassen, wie sehr ihr Stolz gekränkt worden war. Nein, für sie gab es ganz andere Mittel, Martianus zu strafen. Bisher hatte Martianus nur Calpurnia, die Hure, kennengelernt, die er und Spiculus bei ihren nächtlichen Ausflügen zu ihrer Sicherheit begleiteten, der sie gelegentlich Spitzeldienste leisteten, die sie sich oftmals nicht erklären konnten. Doch nun würde sie ihm ein anderes Gesicht von sich zeigen, ihm eine leise Ahnung von der Calpurnia vermitteln, die sie eigentlich war. Es würde ein neues Spiel werden, ein grausames Spiel, denn es würde dem stolzen Sklaven deutlich vor Augen führen, was er verloren hatte. Sie würde ihn dort treffen, wo es ihn am meisten schmerzen würde, in seinem Ehrgeiz und seinem unbändigen Drang nach Freiheit. Ein böses Lächeln umzuckte ihre Mundwinkel. Sie hatte ihre Gefühle wieder völlig im Griff. Entschlossen rief sie ihre Dienerinnen herbei, von denen sie sich baden, salben und anziehen ließ. Dann befahl sie, ihre Sänfte mit Trägern und ihre beiden Leibwächter kommen zu lassen.

Martianus spürte sofort die Veränderung, die mit Calpurnia vor sich gegangen war. Eisige Kälte versteinerte ihr Gesicht, erstickte ihr sonst so liebenswürdiges Lächeln. Er spürte, sie wusste es, ahnte, dass sie verletzt war, und fürchtete sich vor ihrem Zorn. Wieder einmal wurde ihm bewusst, wie sehr er verachtete, was sie war, womit sie ihr Geld verdiente. Doch trotz all dieses Wissens war noch immer jenes merkwürdige Gefühl vorhanden, das ihn zu ihr hinzog. Warum nur wollte sie ihm nicht aus dem Kopf gehen, konnte er sie selbst dann nicht vergessen, wenn er mit Biblis das Bett teilte?

„Wohin, Herrin?", fragte einer der Sänftenträger.

„In die Subura", antwortete Calpurnia, während sie in die Sänfte stieg. „Und ihr beiden, Martianus und Spiculus, werdet mich begleiten."

Je näher der kleine Zug der Subura, dem dichtest bevölkerten und verruchtesten Stadtteil Roms, in dem Menschen aus allen Teilen des römischen Imperiums ihren Geschäften nachgingen, kam, umso größer wurde das Gedränge. Schmuddelige, in Lumpen gekleidete Menschen überfluteten die Straßen. Bettler und zwielichtige Gestalten beobachteten den Menschenstrom aus dunklen Ecken heraus. Hohe, ohne Zwischenmauern erbaute Mietshäuser hoben sich an den Straßenseiten wie Mauern empor und ließen kein Licht in die engen Gassen dringen. Hier, in diesem Stadtteil, lebten die Ärmsten der Armen, die Ausländer und die Gesetzlosen.

Schließlich wurde das Gedränge um Calpurnias Sänfte herum so dicht, dass an ein Weiterkommen nicht mehr zu denken war. Calpurnia beschloss, die Sänfte zurückzulassen und, begleitet von Spiculus und Martianus, den Rest des Wegs zu Fuß zurückzulegen. Gehüllt in einen roten Umhang zwängte Calpurnia sich zielstrebig durch die schmalen, stinkenden Gassen, sodass ihre beiden Begleiter Mühe hatten, ihr zu folgen. Schließlich blieb sie vor einem dreistöckigen Haus, dessen Fassade sich durch Sauberkeit von den umliegenden Häusern unterschied, stehen und klopfte an das große, eiserne Tor, das den Zutritt verwehrte. Es dauerte einige Zeit, bis ein alter, mürrisch blickender Diener die Tür öffnete. Als er Calpurnia erblickte, erhellte sich sein Gesichtsausdruck.

„Tritt ein, Herrin. Der Herr erwartet deinen Besuch schon seit einigen Tagen sehnsüchtig."

Calpurnia gab ihren beiden Begleitern durch ein Zeichen zu verstehen, dass sie ihr folgen sollten. Der Sklave ging voraus, führte die Besucher in einen prächtig angelegten Innenhof orientalischen Baustils, den man hinter der äußeren Fassade des Hauses niemals vermutet hätte.

„Nimm Platz, Herrin. Ich werde dem Herrn sofort dein Kommen melden."

Calpurnia streifte ihren Umhang ab, legte ihn beiseite und ließ sich dann auf eines der am Boden liegenden Kissen nieder. Die für römischen Geschmack unbequeme Haltung schien Calpurnia nicht zu stören. Ihren beiden Begleitern gab sie durch einen Wink zu verstehen, dass sie hinter ihr stehen bleiben und warten sollten. Eine junge Dienerin trat zu ihr, ein Wasserbecken und ein Handtuch zum Reinigen der Hände anbietend. Eine zweite Dienerin brachte Wein und Feigen, die Calpurnia jedoch unbeachtet ließ. Es dauerte noch eine Weile, bis der Hausherr selbst im Hof erschien.

„Friede sei mit dir, Calpurnia. Welche Freude, dich wieder einmal in meinem Haus begrüßen zu dürfen."

„Friede auch mit dir, Aron", erwiderte Calpurnia den Gruß des Juden, der sich ihr gegenübergesetzt hatte. „Wie dein Diener mir vor einigen Tagen sagte, hast du etwas Wichtiges mit mir zu besprechen. Womit kann ich dir also dienen?"

Aron lächelte leicht verlegen, war es doch nicht gerade ein Ausdruck von Höflichkeit, so unvermittelt zur Sache zu kommen. Doch andererseits war die Zielstrebigkeit Calpurnias etwas, das er schätzen gelernt hatte. Es ersparte ihm unnötiges Geschwätz.

„Zuerst zu unseren Geschäften, Calpurnia. Die Karawane aus Indien ist eingetroffen. Der Gewinn aus dem Verkauf der begehrten Gewürze und der Seide war beträchtlich. Von unseren Silberschiffen aus Spanien haben wir nur eins verloren und…"

113

„Genug, Aron. Die Abrechnungen kannst du mir schicken, wie sonst auch. Was also ist der wirkliche Grund für deine Bitte, dich aufzusuchen?"

„Nun", Aron räusperte sich. Wie sollte er einer Nicht-Jüdin klarmachen, von welcher Wichtigkeit diese zu besprechende Angelegenheit war? „Wir haben Probleme in Jerusalem, Calpurnia. Religiöse Probleme, die wahrscheinlich nicht sonderlich dein Interesse erregen werden. Dennoch möchte ich dich in dieser Sache um deine Hilfe bitten. König Agrippa hat durch den Bau, den er der Königsburg Antonia zu Jerusalem hinzufügte, einen großen Frevel begangen. Von diesem Bau aus war es ihm möglich, die heiligen Riten im Tempel zu beobachten. Da dies ein schweres Sakrileg ist, erbauten die Priester des Tempels eine Mauer, um ihm den Einblick zu verwehren. Agrippa hat nun befohlen, dass die Mauer wieder eingerissen werden müsse. Du kannst dir denken, dass das Volk auf Seiten der Priester steht, die den Gehorsam verweigerten. Nun ist eine Abordnung unseres Volks ausgewählt worden, um den Kaiser in dieser Angelegenheit um ein Urteil zu bitten und die Erlaubnis zu erlangen, die Mauer beibehalten zu dürfen."

Calpurnia lächelte. „Ich verstehe. Ihr Juden und euer Glaube. Selbstverständlich werde ich sehen, was ich bei der Kaiserin auszurichten vermag. Ich bin sicher, sie wird euren Wunsch bei dem Kaiser unterstützen."

Aron nickte zufrieden. „Dafür habe ich ebenfalls eine gute Nachricht für dich. Das Kopfgeld, das du auf die lebende Ergreifung dieses Piraten ausgesetzt hast, scheint Wunder zu wirken. Ich bin sicher, dass er

114

sich seiner Freiheit nicht mehr allzu lange erfreuen wird."

„Aber ich brauche ihn lebend, Aron. Tot nützt er mir überhaupt nichts."

Aron nickte. Er hatte verstanden.

„Auch ich habe eine Bitte an dich. Ich habe gehört, dass auf Sizilien ein großes Landgut zum Verkauf steht. Bitte erwirb es für mich, aber so, dass niemand davon erfährt, dass es mir gehört. Mit dem Weizen, den wir dort anbauen können, sparen wir manche Fahrt nach Ägypten, um Korn von dort zu importieren. Das verringert unsere Kosten und unser Risiko. Suche mir dafür einen fähigen und vertrauenswürdigen Verwalter und sende ihn hinunter."

Aron grinste. „Wie immer eine Geschäftsfrau durch und durch. Ich werde alles zu deiner Zufriedenheit ausführen."

Calpurnia erhob sich. „Die Abrechnungen kannst du mir zusenden, sobald sie fertig sind. Das Kapital investiere erneut in ein gewinnbringendes Geschäft. Den Gewinn lass mir bei Gelegenheit vorbeibringen."

Calpurnia hüllte sich in ihren Umhang und ließ sich von dem alten Diener hinausbegleiten. Vor dem Tor blieb sie einen Augenblick lang stehen, deutete darauf und meinte, an ihre beiden Begleiter gewandt: „Merkt euch dieses Haus, damit ihr es jederzeit wiederfinden könnt."

Dann machte Calpurnia sich auf den Rückweg zu ihrer Sänfte.

Bewegt von widerstreitenden Gefühlen folgte ihr Martianus mit Spiculus. Wie wenig wusste er doch noch immer von dieser Frau, der er nun schon über

115

zwei Jahre diente. In was für dunkle Machenschaften mochte sie wohl verstrickt sein? Und was hatte sie mit dem Abschaum der Meere, den Piraten, zu tun? Grübelnd folgte er ihr zurück nach Hause, angespannt darauf wartend, was weiter passieren würde.

Nachdem Calpurnia die anderen aus ihrem Dienst entlassen hatte, befahl sie Martianus, ihr in den Garten zu folgen. Dort ließ sie sich auf einem unter Weinreben aufgestellten Ruhebett nieder und musterte ihren Sklaven einen Augenblick lang eindringlich.

„Wie ich hörte, fühlst du dich zu der kleinen Gallierin hingezogen. Sie erwartet dein Kind. Da du mich vor vollendete Tatsachen stellst, bleibt mir wohl nichts anderes übrig, als dir die Erlaubnis zu erteilen, das Mädchen zu heiraten. Ich wünsche euch beiden Glück und hoffe doch sehr, dass dies nicht euer letztes Kind sein wird. Immerhin sichert Kindersegen den Fortbestand meiner Sklavenschaft. Um dir mein Wohlwollen zu beweisen, habe ich mich entschlossen, dir in diesem Haus eine neue Aufgabe zu übertragen. Du kannst doch lesen und schreiben?"

„Ja, Herrin. Ich habe es als Kind gelernt."

„Dann ernenne ich dich hiermit zum neuen Verwalter meiner Handelsgeschäfte. Mich um alles immer selbst kümmern zu müssen, wird mir auf Dauer zu viel. Nur weitreichende Entscheidungen werde ich in Zukunft noch selbst treffen. Den für dich wichtigsten Mann bei dieser Aufgabe hast du heute kennengelernt. Verlasse dich im Zweifelsfall immer auf Arons gesunden Geschäftssinn. Er ist Gold wert. Seine Helfer werden dich alles lehren, was wichtig ist, um meinen Reichtum zu vermehren. Und sie werden deine Abrechnungen prüfen. Eine kleine Warnung im

116

Voraus. Sie entdecken jeden Fehler. Das war alles. Du kannst gehen."

Martianus blickte Calpurnia versteinert an. Tiefer als dieser Giftpfeil hätte ihn wohl kaum etwas treffen können. Warum hatte er nicht selbst daran gedacht? Sein Kind, Sohn oder Tochter, würde wie er ein Sklave sein. Und Calpurnias zornigem Blick war deutlich zu entnehmen, dass er die Aussicht auf einen Freibrief für immer verwirkt hatte. Er würde Sklave bleiben, so wie sein Kind zur Sklaverei verdammt sein würde.

Die nächste Zeit verlief für Calpurnia äußerst zufriedenstellend. Alles schien sich nach ihren Vorstellungen zu entwickeln. Kurz nach der Heirat mit dem Kaiser begann Poppaea Sabina, alle ihre Feinde zu vernichten. Als erster starb unter ungeklärten Umstanden der Prätorenprefekt Afranius Burrus, der es gewagt hatte, offen gegen die Verstoßung Octavias aufzutreten. Er wurde durch zwei Poppaea treu ergebener Männer ersetzt, Faenius Rufus und Ofonius Tigellinus. Mit Burrus´ Tod schwand auch der Einfluss des Philosophen Seneca auf den Kaiser. Er wurde aus seinem Dienst am Hof entlassen und musste sich auf seine Güter zurückziehen. Auf Anraten des neuen Prätorenpräfekten Tigellinus ließ Poppaea in Gallien Sulla Felix und in Kleinasien Rubellius Plantus hinrichten. Auch den Fall Octavia löste sie endgültig. Die des Ehebruchs für schuldig befundene Exkaiserin war auf die Insel Pandateria verbannt worden. Dort hin sandte Poppaea ihre gekauften Mörder, die der hilflosen Frau die Pulsadern öffneten und sie verbluten ließen. Der Toten schlugen sie den Kopf ab, den sie der neuen Kaiserin brachten.

All diese grauenhaften Morde ließen das Innere des Kaisers nicht zur Ruhe kommen. Von seinem schlechten Gewissen getrieben zog Nero öfter des nachts als Sklave verkleidet mit seinen Freunden durch die Straßen Roms, provozierte Schlägereien und machte die Bordelle der Stadt unsicher. Die wüsten Orgien, die er auf dem Palatin feierte, waren bald stadtbekannt und erinnerten das Volk an die Ausschweifungen des Tiberius und des Caligula. Doch das kümmerte den Kaiser nicht. Er versuchte weiterhin, sein schlechtes Gewissen in immer perverser werdenden Exzessen zu ersticken.

Ganz anders verhielt sich Poppaea Sabina. Endlich an die Macht gekommen, versuchte sie, die Fäden fest in der Hand zu behalten. Immer häufiger wurden die Entscheidungen des Kaisers durch ihren Willen beeinflusst. Ebenso wie die Kaiserin ihre ehemaligen Feinde unbarmherzig verfolgte, belohnte sie nun ihre Freunde. Wo sie konnte, unterstützte sie die Interessen der Juden. Dafür floss ihr von deren Seite ständig neues Geld zu. Beide Parteien schienen miteinander zufrieden.

Abwartend beobachtete Calpurnia die Geschehnisse in der Stadt. Je mehr der Unmut der Römer gegen den Kaiser wuchs, umso zuversichtlicher wurde sie. In diesen Tagen bohrte nur ein Stachel in ihrem Herzen, der sich wölbende Leib der Sklavin Biblis.

Doch dann, aus heiterem Himmel, änderte sich die Situation am Hof grundlegend. Die Kaiserin erwartete ein Kind. Der Kaiser jubilierte. Die Vorfreude auf das

Kind ließ ihn seine Angst vergessen. Er schränkte sein zügelloses Leben ein und konzentrierte sich ganz auf Poppaea und das Kind, das sie trug. Calpurnia schäumte vor Zorn, würde es doch bald noch einen Menschen geben, der ihr auf ihrem Weg zum Ziel hinderlich war.

Während Calpurnias Unmut über die Entwicklung der politischen Lage wuchs, fiel auch auf Biblis´ Glück ein Schatten. Seit sie mit Martianus verheiratet war, war er ihr fremd geworden. Biblis begann zu ahnen, dass er sie eigentlich nie wirklich geliebt hatte, dass seine Zuneigung zu ihr reinem Trotz entsprungen war. Seit sie ihm gehörte, begehrte er sie nicht mehr mit der gleichen Leidenschaft wie zuvor. Doch schlimmer noch war, dass er das Kind, das in ihr wuchs, zu verfluchen schien. Sie und das unschuldige kleine Etwas in ihr waren in Martianus Augen plötzlich nichts anderes als eine Fessel, die ihn auf ewig in der Sklaverei festhalten würde. Von bitterer Enttäuschung und Einsamkeit geplagt, vertraute sie Spiculus ihren Kummer an. Und der Grieche versprach ihr, mit Martianus zu reden.

„Siehst du denn nicht, wie weh du ihr tust?", begann er, Martianus zu ermahnen. „Gerade jetzt in ihrem Zustand braucht sie Liebe und Zuwendung."

Zustimmend nickte Martianus mit dem Kopf. „Ich weiß, dass sie das braucht. Und ich versuche ja auch, es ihr zu geben. Aber wer kann schon sein eigenes Herz überlisten? Ich weiß jetzt, dass ich sie niemals hätte heiraten dürfen. Ich hätte überhaupt die Hände von ihr lassen sollen. Dann würde sie jetzt nicht dieses Kind erwarten."

„Aber es ist doch nichts Schlechtes daran, ein Kind zu bekommen."

„Begreifst du denn nicht, Spiculus? Mein Kind wird ein Sklave sein, genauso wie ich. Ein Sklave, Spiculus, ausgeliefert der Willkür seiner Herrin."

„Gewiss", antwortete Spiculus zustimmend. „Doch du kannst dich über unsere Herrin wohl kaum beklagen. Warum sorgst du dich also unnötig über die Zukunft deines Kindes?"

Zornig ballte Martianus die Faust. „Weil sie sich über dieses Kind an mir rächen wird, darum, mein Freund. Ich habe ihr Wohlwollen mit Verachtung gestraft. Das wird sie niemals vergessen."

„Siehst du da nicht ein wenig zu schwarz? Glaubst du wirklich, dass sie so grausam ist? Wenn sie sich an dir rächen wollte, hätte sie dich nicht längst wieder als Gladiator oder Galeerensklave verkaufen können. Aber sie hat es nicht getan. Sie hat dich sogar zu ihrem Verwalter eines Teils ihres Vermögens gemacht, was wohl ein großer Gunstbeweis ist."

Martianus schnaubte noch immer zornig vor sich hin. „Glaubst du das wirklich?", fragte er wütend. „Nun, dann sage ich dir jetzt, warum sie mich in Wahrheit zum Verwalter ihres Vermögens gemacht hat. Aus Rache! Wusstest du, dass sie viel reicher ist, als irgendjemand ahnt? Sie hat es gar nicht nötig, ihre Gunst als Kurtisane zu verkaufen. Sie wollte mir zeigen, welche Möglichkeiten ich mir habe entgehen lassen, als ich ihre Gunst zurückwies."

„Jetzt bist du aber sehr ungerecht, Martianus", erwiderte Spiculus abwehrend. „Sieh dir die Tatsachen an. Als Calpurnia uns von Poppaea Sabina erhielt, hätte sie uns für viel Geld zurück an die Arena verkaufen können. Das hat sie nicht getan. Stattdessen hat sie uns in ihrem Haus behalten und uns immer gut behandelt. Wie leicht wäre es ihr gefallen, deinen Stolz zu brechen, wenn sie es gewollt hätte. Sie hat es nicht getan. Sie hat dir sogar die Frau gegeben, die du selbst gewählt hast. Was könntest du noch mehr erwarten?"

Martianus schwieg, blieb die Antwort schuldig, obwohl er genau wusste, dass Spiculus etwas Entscheidendes übersehen hatte.

Spiculus, der Martianus´ Schweigen als Zustimmung deutete, fuhr fort: „Ich will dir noch etwas zu bedenken geben, an das du vielleicht noch nie gedacht hast, Martianus. Gewiss ist es wahr, dass unsere Herrin eine Kurtisane ist. Doch hast du dich jemals gefragt, warum sie es ist, welches Schicksal sie zu dem gemacht haben mag, was sie heute ist? Ist dir vielleicht schon einmal aufgefallen, dass unsere Herrin trotz der vielen Liebhaber, die sie hat, ein sehr einsamer und unglücklicher Mensch ist. Gewiss nicht, Martianus, denn bei allem, was du tust, denkst du immer nur an dich. Ja, sie hat dich wohl eine Zeitlang mit Begehren angesehen. Doch ich vermute fast, eigentlich wollte sie mehr deine Freundschaft als deinen Körper. Natürlich hat sie sich zurückgezogen, nachdem du dir eine andere gewählt hattest. Und nun fühlst du dich in deiner Eitelkeit gekränkt. Und um dieser verfluchten Eitelkeit willen machst du nun auch noch Biblis unglücklich. Aber das hat sie nicht verdient."

Martianus´ Gesicht verkrampfte sich schmerzhaft. So ungern er es wahrhaben wollte, musste er sich doch eingestehen, dass Spiculus mit manchem recht hatte.

„Du sagst es, mein Freund, sie hat wahrscheinlich wirklich etwas Besseres verdient als mich."

Mit diesen Worten wandte Martianus sich von dem Freund ab. Er wollte darüber jetzt nicht auch noch nachdenken müssen, wollte sich die Fehler, die er gemacht hatte, nicht eingestehen.

Schon einige Wochen vor der Niederkunft stellte sich bei Biblis eine unerklärliche Angst ein. Woher sie kam, wusste sie selbst nicht recht. Doch sie ahnte, dass sie bald sterben würde. Von innerer Unruhe getrieben, gesellte sie sich immer häufiger Spiculus zu und lauschte voll Neugier seinen Erzählungen von Jesus von Nazareth, dem Sohn Gottes. Nach langem Drängen konnte sie Spiculus sogar dazu überreden, sie zu einer der geheimen Zusammenkünfte der Christen mitzunehmen. Voll Andacht lauschte sie dort jener neuen Lehre, die angefüllt war mit Liebe und jeden Menschen vor Gott gleich machte.

Als sie an diesem Abend nach Hause zurückkehrte, hatte sie endlich innere Ruhe und Frieden wiedergefunden. Doch Martianus, dem sie von ihrem Besuch berichtete, schien nicht sonderlich überzeugt.

„Es wäre besser, du würdest dich von diesen Leuten fernhalten. Ihre Lehre richtet sich gegen Kaiser und Gesetz. Irgendwann wird sie darum verboten werden."

„Nein, Martianus", erwiderte Biblis fest. „Diese Lehre richtet sich gegen niemanden. Sie sagt, dass alle Menschen Brüder wären. Und jetzt, da ich ihren Priester sprechen gehört habe, bin ich endlich wieder ruhiger geworden. Ich weiß, dass ich bald vor Gott treten werde. Doch das erfüllt mich nicht länger mit Furcht. Ja, plötzlich habe ich vor dem Sterben keine Angst mehr."

„Wovon redest du überhaupt?"

„Vom Tod, Martianus. Ich spüre es schon seit geraumer Zeit. Ich werde die Geburt des Kindes nicht überleben."

„Aber Biblis." Martianus Augen weiteten sich vor Entsetzen. „Wie kannst du so etwas behaupten?"

„Weil es wahr ist, Martianus. Ich spüre es deutlich. Und darum habe ich beschlossen, mich taufen zu lassen, denn ich will als Christin sterben."

„Hör auf, solch einen Unsinn zu reden", herrschte Martianus sie an. „Du wirst nicht sterben."

Aber Biblis schüttelte nur ruhig den Kopf. „Ich werde sterben, Martianus, und du wirst wieder frei sein. Das wünscht du dir doch auch. Schau mich nicht so schuldbewusst an. Ich trage dir nichts nach. Ich weiß jetzt, was es bedeutet, wirklich zu lieben. Meine Liebe ist groß genug für uns beide."

„Hör endlich auf. Ich verbiete dir, noch einmal zu diesen Verrückten zu gehen. Sie reden dir nur Unsinn ein."

Biblis mildes Lächeln entwaffnete Martianus völlig. „Was du heute noch verfluchst, kann schon morgen deine einzige Hoffnung werden. Ich bin ganz sicher, auch du wirst irgendwann die Wahrheit erkennen. Nur wird dein Weg länger und beschwerlicher sein als der meine."

Die Niederkunft Biblis zog sich hin. Erst nach zweitägigen Wehen brachte sie einen gesunden Knaben zur Welt. Erleichtert atmete Martianus auf. Die Vorahnungen Biblis´ schienen unbegründet gewesen zu sein. Wenn auch geschwächt und erschöpft, so hatte sie die Geburt doch gut überstanden. Aber nach kurzer Pause begannen die Wehen erneut einzusetzen. Schweißperlen begannen sich auf der Stirn der Hebamme abzuzeichnen. Dass es Zwillinge werden würden, hatte sie nicht erwartet. Erneut vergingen Stunden, ohne dass es dem zweiten Kind gelang, sich einen Weg zu bahnen. Martianus überlief Angstschweiß.

„Geh hinaus. Warte vor der Tür. Hier kannst du doch nicht helfen", befahl Epicharis, die gekommen war, um der müden Hebamme zu helfen.

Nur widerwillig befolgte Martianus den Befehl. Die Furcht, dass Biblis mit ihrer Ahnung doch recht behalten könnte, hielt ihn gefangen. Sie durfte nicht sterben. Ihr Tod würde ihn auf ewig an eine Schuld binden, die Schuld, ihr Unrecht getan zu haben. Die Zeit verging. Biblis schmerzerfüllte Schreie waren leisem Schluchzen gewichen. Martianus war wie betäubt. Plötzlich fühlte auch er die Gewissheit, dass sie sterben würde. Schuldgefühle nagten an ihm, drohten ihn fast zu ersticken. Was, wenn sie nicht mehr leben wollte, weil sie sich von ihm verraten fühlte?

Es war Epicharis, die ihm im Morgengrauen die quälende Gewissheit brachte.

„Du musst jetzt tapfer sein, Martianus. Das zweite Kind, ein Mädchen, ist tot geboren worden."

„Und Biblis?" Martinaus schaute die alte Frau flehend an. Doch die schüttelte nur traurig den Kopf.

„Sie war nicht zu retten, Martianus. Ihre letzten Worte haben dir gegolten. Sie flehte darum, dass du euer Kind so lieben sollst, wie sie dich geliebt hat."

Martianus nickte. „Kann ich zu ihr hineingehen?" „Sicher."

Schweigend betrat Martianus das Zimmer, in dem Biblis blass und eingefallen aufgebahrt lag, neben ihr, in ein Tuch gehüllt, lag der Leichnam des Säuglings. Nur flüchtig streifte Martianus´ Blick den Knaben, der zufrieden in einem geflochtenen Korb lag und schlief. Dann wandte er sich erneut seiner Frau zu.

„Zwillinge", stieß er bedrückt hervor. „Es waren Zwillinge."

Eine längst vergessen geglaubte Erinnerung huschte flüchtig durch seinen Kopf. Doch sogleich verblasste sie wieder angesichts des Schmerzes, den er empfand. Es war sein Samen, der diesem jungen, unschuldigen Geschöpf den Tod gebracht hatte. Zwillinge – wie lange war das her? Noch einmal blickte er auf den Leichnam seiner Frau.

„Alles ist meine Schuld. Ich nahm dir die Kraft, leben zu wollen. Nur deshalb ist es geschehen. Wie, bei allen Göttern Roms, soll ich diese Schuld jemals sühnen?"

Fassungslos stand Martianus da, konnte sich nicht von der Toten lösen. Eine zarte, schmale Hand, die sich auf seine Schulter legte, riss ihn endlich aus seiner Apathie.

„Es schmerzt immer, Menschen zu verlieren, die einem nahe standen. Aber trotz seines Kummers darf man die Menschen nicht vergessen, die einem bleiben.

Dir ist ein kräftiger, gesunder Sohn geschenkt worden." In Calpurnias Stimme lag eine Sanftheit und Milde, wie er sie nie zuvor bei ihr erlebt hatte. Irgendwie kam sie ihm in diesem Augenblick vertraut vor.

„Ich habe sie umgebracht", flüsterte er verzweifelt. „Ich habe ihr den Lebenswillen genommen."

„Unsinn", entgegnete Calpurnia. „Die Götter haben über ihr Schicksal entschieden. Ihrem Ratschluss müssen wir Menschen uns beugen."

Nach einer kurzen Weile fuhr sie tröstend fort: „Keine Frau will sterben, wenn sie einen Grund hat zu leben. Biblis hat einen gesunden kleinen Sohn geboren. Glaub mir, Martinaus, ein Kind kann einer Frau alle Männer der Welt ersetzen. Ich weiß, wovon ich spreche. Ich war noch nicht einmal voll zur Frau herangereift, als man mir die Fruchtbarkeit raubte. Keine unerwiderte Liebe zu einem Mann hätte mir einen größeren Schmerz zufügen können. Damals wollte ich wirklich sterben, denn das Leben einer Frau ist ohne Sinn, wenn ihr Leib tot ist. Doch wahrscheinlich versteht das nur der, der diesen Verlust selbst erlebt hat. Darum will ich versuchen, dich vor einem großen Fehler zu bewahren. Vergeude deine Zeit nicht mit Selbstvorwürfen und vergiss nicht, was dir geblieben ist."

Wie gelähmt blickte Martianus seine Herrin an. Für einen Augenblick war sie ihm so vertraut gewesen, hatte er eine flüchtige Ahnung von den Schmerzen bekommen, die sich hinter ihrem Schicksal verbargen. Doch dann war sie wieder nur noch Calpurnia, die Frau, der er gehörte. Der Zauber, der für Sekunden zwischen ihnen geherrscht hatte, war zerbrochen.

„Gehe morgen früh auf den Sklavenmarkt und such eine geeignete Amme für deinen Sohn. Und dann veranlasse, dass er ins Sklavenregister eingetragen wird. Ich möchte, dass du ihm den Namen Marcus gibst. Und natürlich musst du dich um die Beerdigung deiner Frau kümmern."

Einen Moment lang blickte Calpurnia lächelnd in den kleinen Korb, dann wandte sie sich ab und ging. Martianus schaute ihr lange geistesabwesend nach. Marcus sollte er heißen, sein Sohn. Konnte das Zufall sein?

Zu Beginn des neuen Jahres brachte die Kaiserin eine gesunde Tochter zur Welt. Nero hatte Poppaea nach Antium bringen lassen, weil sein Kind den gleichen Geburtsort haben sollte wie er selbst. Die Freude des Kaisers über die Geburt des Kindes, das den Namen Augusta erhielt, kannte keine Grenzen. Er gab den Auftrag, ein Fest der Claudier in Athen vorzubereiten, und stiftete der Fruchtbarkeitsgöttin einen Tempel und eine goldene Statue. Alle fünfzig Senatoren Roms kamen nach Antium, um dem Kaiser zu gratulieren.

Als Calpurnia von der glücklichen Geburt der kleinen Augusta erfuhr, verfiel sie in eine langanhaltende Apathie. Die zwei Seelen, die in ihrem Innern zu wohnen schienen, rangen miteinander, und lange Zeit wusste Calpurnia nicht, welche der beiden Mächte in ihr den Sieg erringen würde. Sollte sie weiterhin der Stimme des Hasses folgen, dann würde der Hass sie irgendwann mit sich in den Abgrund reißen. Oder war es noch nicht zu spät, sich von den dunklen Gefühlen in ihrem Innern zu trennen? Noch konnte sie zurück, das wusste sie. Aber wollte sie das überhaupt? Rache und Hass waren vor langer Zeit zum Sinn ihres Lebens geworden. Warum sollte sich das plötzlich ändern? Was hatte die Grundfeste ihrer kühlen Überlegungen erschüttern können?

Calpurnia ahnte es. Es war das Kind, der kleine Marcus, der in das Dunkel ihres Innern plötzlich einen Lichtstrahl geworfen hatte. Zwar war es nicht ihr Kind. Trotzdem fühlte sie sich auf geheimnisvolle Weise zu diesem Kind, dass sie eigentlich hatte hassen wollen, verbunden. Dieses kleine, hilflose Etwas hatte in ihr Gefühle geweckt, zu denen sie sich seit langem nicht mehr fähig geglaubt hatte. Wenn sie dieses Kind nicht hasste, konnte sie dann überhaupt jenen anderen kleinen Säugling hassen, so sehr hassen, dass sie ihn würde töten können? Calpurnia fand auf diese Frage keine Antwort. Aber ihr war klar, dass sie sich bald zu einer Entscheidung durchringen musste. Durch ihren inneren Konflikt hin – und hergerissen, wünschte sie sich mehr als jemals zuvor, einen Menschen zu haben, dem sie ihre geheimsten Gefühle anvertrauen konnte. Doch sie hatte niemanden, war allein.

Oftmals erinnerte sie sich jetzt wieder an die Zeit ihres Sklavendaseins, an die brutalen Erniedrigungen, die sie hatte ertragen müssen. Wie gut hatte es ihr damals getan, sich in Epicharis´ Armen auszuweinen, ihr ihre Ängste und ihren Zorn anzuvertrauen. Doch diesmal war es etwas anderes. Diesmal durfte sie niemanden in ihr Geheimnis einweihen, durfte sie keinem vertrauen, selbst Epicharis nicht.

Calpurnias Unschlüssigkeit wurde noch dadurch verstärkt, dass sie genau spürte, dass sie diesmal endgültig an einem Scheideweg angekommen war. Zu welchem Weg sie sich auch immer entschließen würde, es würde ein Weg ohne Umkehr sein. Vielleicht zögerte sie nur deswegen so lange?

In ihrer Ruhelosigkeit suchte sie immer häufiger den Umgang mit dem Senator Piso, weil sie hoffte, dass er ihr zu einer Entscheidung verhelfen würde. Wenn sie ihm auch nicht vertraute, so konnte sie doch mit ihm reden, denn eins verband sie beide. Piso hasste Nero fast ebenso sehr wie sie. Er hasste überhaupt alle Kaiser und war ein entschiedener Befürworter der Republik.

„Etwas Lächerlicheres als diesen Kaiser hat die Welt noch nicht gesehen", vertraute er Calpurnia nach einer stürmischen Liebesnacht an. „Gestern langweilte uns Nero wieder einmal den ganzen Abend mit seinen Versen. Und als er schließlich auch noch zur Lyra zu singen begann, konnte ich es fast nicht mehr ertragen. Lucanus, der Neffe Senecas, ist bei diesem Gesang eingeschlafen. Das wird der Kaiser ihm wohl nie verzeihen. Es ist nicht zu fassen. Während unser Kaiser dichtet, die Kaiserin sich gelangweilt nach einem neuen Liebhaber umsieht, bereichert sich der Schmeichler Tigellinus schamlos auf Kosten Roms und schafft sich durch Verleumdung sämtliche unbequem gewordenen Leute vom Hals. Sogar gegen seinen Stellvertreter Rufus hat er intrigiert. Ein Wunder, dass der Kaiser ihm in diesem Fall keinen Glauben schenkte."

„Gegen Rufus?", fragte Calpurnia überrascht aufhorchend.

129

Piso nickte. „Der ist ihm schon lange im Weg. Und Rufus weiß das. Deshalb fürchtet er Tigellinus' wachsenden Einfluss auf den Kaiser. Seit diesem Komplott gegen ihn ist er Tigellinus' erklärter Feind."

Scheinbar nicht sonderlich interessiert, hatte Calpurnia doch jedes Wort Pisos genau registriert. Die Angelegenheit hörte sich vielversprechend an. Doch Calpurnia war zu klug, um durch weitere Fragen deutlich zu machen, was in ihr vor sich ging. Stattdessen gestattete sie Piso, sie erneut in den Arm zu schließen. Mit zärtlichen Liebkosungen weckte sie noch einmal seine Lust, steigerte sie dann durch gespielte Abwehr, und erst als sie merkte, dass Piso sich kaum noch zurückhalten konnte, gab sie sich ihm hin.

Fordernd drang Piso in sie ein, während seine Hände gierig nach ihren kleinen runden Brüsten griffen. Erst die Ekstase brachte seinen bebenden Körper zur Ruhe. Erschöpft legte er sich neben Calpurnia.

„Weißt du eigentlich, dass ich dich liebe?"

Auf Calpurnias Gesicht zeigte sich ein wissendes Lächeln. „Ja, ich weiß. Jetzt, in diesem Augenblick, liebst du mich. Doch wenn ich dir morgen auf dem Forum begegnen würde, würdest du mich trotzdem nicht kennen."

„Wahrscheinlich hast du recht", seufzte Gaius Calpurnius. „Und trotzdem musst du mir glauben. Nach Livia habe ich keine Frau mehr so geliebt wie dich. Es tut gut, dich zu lieben, mit dir zu reden. Wenn du nicht das wärst, was du nun einmal bist, ich würde mich auf der Stelle scheiden lassen und dich heiraten. Doch ein Senator Roms kann unmöglich eine Kurtisane ehelichen. Er wäre ruiniert."

Calpurnia nickte zustimmend. „Nein", entgegnete sie. „Das kann er wohl wirklich nicht. Und vielleicht ist das auch gut so. Die Ehe macht jede Liebe kaputt. Sie ist ein Gefängnis, nichts weiter." Nach einer kurzen Pause fuhr sie fort: „Erzähl mir von Livia, deiner ersten Frau. Wie war sie eigentlich?"

Gaius Calpurnius blickte einen Augenblick lang verträumt vor sich hin. „Sie war schön", begann er nachdenklich zu erzählen. „Ebenso schön wie du. Sie hatte all die Eigenschaften, die eine gute Römerin haben muss. Sie war treu, zuverlässig, häuslich und eine gute Mutter."

„Weißt du, was aus ihr geworden ist?"

Gaius Calpurnius´ Gesicht verzog sich schmerzlich. „Ich würde sonst etwas dafür geben, wenn ich es wüsste. Piraten haben sie und die Kinder entführt. Ich habe nie wieder etwas von ihnen gehört. Wenn ich nur wüsste, ob…"

Calpurnius versagte die Stimme. Ein längst vergessen geglaubter Kummer übermannte ihn erneut.

„…ob sie tot ist?", vollendete Calpurnia die Frage. „Ja, sie ist tot, Gaius Calpurnius, gestorben, damit Nero Kaiser werden kann."

Halb verwirrt, halb entsetzt betrachtete Gaius Calpurnius Piso die Frau neben sich im Bett. Plötzlich erschien sie ihm wie eine Fremde, die er nicht kannte, deren Gesicht er zum ersten Mal sah. Was wusste sie, und was wollte sie?

„Woher weißt du das?", fragte er, und seine Hand umklammerte plötzlich ihr Handgelenk schmerzhaft.

„Ich weiß es eben", antwortete Calpurnia kühl. „Ich bin viel herumgekommen und habe deshalb auch viel gehört."

131

„Und was hast du gehört?", herrschte Calpurnius sie an, den Griff um ihr Gelenk noch verstärkend. Trotz des Schmerzes blieb Calpurnia ruhig.

„Nun, ich habe gehört, dass deine ältesten Kinder der Grund für die Entführung waren. Viel mehr weiß ich auch nicht."

Niedergeschmettert ließ Calpurnius die Hand Calpurnias los. Alle Ängste und Schrecken, die er nach Livias Entführung durchlebt hatte, die Stunden zwischen Hoffen und Bangen, schienen erneut lebendig zu werden. Doch der Sinn dieser Tat, der ihm bislang verborgen geblieben war, er war plötzlichem Wissen gewichen.

„Wer hat dir davon erzählt?", fragte er Calpurnia aufgebracht.

„Ein Pirat hat mir davon erzählt, in einem Bordell in Antiochia."

„Wie hieß er? Auf welchem Schiff fuhr er? Ich muss es wissen."

Doch Calpurnia hob nur bedauernd die Schultern. „Ich weiß es nicht. Doch ich würde ihn wiedererkennen, wenn er mir begegnete. Er war ein hässlicher, brutaler Kerl."

Niedergeschlagen ließ Calpurnius sich auf dem Bett niedersinken. Hatte er Nero bisher mehr verachtet als gehasst, so hatte er nun allen Grund, ihn abgrundtief zu hassen.

Auch in Calpurnias Innern war es plötzlich völlig ruhig geworden. Ihr Umherirren war vorbei. Der unendlich tiefe Schmerz in den Augen Pisos war es, der ihr den Halt zurückgab. Sein Kummer hatte ihr das Schwert erneut in die Hand gelegt.

Frühjahrsstürme tobten über Rom. Blitze zuckten am Himmel, und der Donnerhall lehrte selbst den ungläubigsten Bewohner der Stadt, die Macht der Götter zu fürchten. Schon in den frühen Abendstunden war die Stadt wie leergefegt. Niemand, der nicht unbedingt musste, war außerhalb seiner Wohnung anzutreffen.

Den Nachmittag hatte Calpurnia schweigend am Fenster zugebracht. Nachdenklich war ihr Blick den prasselnden Regentropfen gefolgt. Als sich das Wetter selbst in den Abendstunden nicht zu bessern schien, der Regen eher noch stärker niederpeitschte, befahl Calpurnia ihre Sänftenträger herbei. Über ihre einfache, weiße Tunika einen dunklen Umhang werfend, bestieg sie ihre Sänfte und gab den Trägern Anweisung, sie in die Subura zu tragen. Dort, vor einer zwielichtigen, dunklen Kneipe, befahl sie den Männern, auf ihre Rückkehr zu warten. Dann zog sie den dunklen Umhang enger um sich und verschwand im Dunkel der Nacht.

Vom Regen schon bald völlig durchnässt, fühlte Calpurnia sich trotzdem unglaublich wohl und frei. Alle Bedenken, alles Zögern hatte sie endgültig hinter sich gelassen. Sie empfand es als erleichternd, endlich wieder einen klaren Weg vor sich zu sehen, ganz gleich, in welches Dunkel er führen würde. Regen und Sturm störten sie nicht. Das Unwetter wirkte belebend auf ihr Gemüt. Am Ende einer dunklen Gasse blieb sie vor einem schäbigen dunklen Hauseingang stehen. Hier musste es sein. Schon von außen schlug ihr ein merkwürdiger Geruch entgegen. Doch Calpurnia ließ sich dadurch nicht beirren. Entschlossen klopfte sie an die Tür. Erst auf ihr drittes Klopfen erhielt sie Antwort.

Calpurnia öffnete die Tür und trat in ein düsteres, tristes Zimmer. Eine grauhaarige, listig blickende Frau trat ihr entgegen.

„Was kann ich für dich tun, schöne Frau?", fragte sie in römisch mit gallischem Akzent.

Forschend durchwanderte Calpurnias Blick den Raum, bemerkte ein großes Holzregal, auf dem unendlich viele kleine Tongefäße standen.

„Sieh dich um, mein schönes Kind. Alles ist vorhanden, wonach dein Herz begehrt. Suchst du vielleicht einen Liebestrank oder ein Schönheitsmittel?"

Calpurnia schüttelte den Kopf. „Nein, Locusta, ich suche etwas Wirkungsvolleres. Ich suche ein Gift für meinen leidenden Hund, damit er sich nicht länger quälen muss. Es soll schnell und schmerzlos wirken."

Locusta schaute die Fremde einen Augenblick prüfend an. Seitdem sie vor ein paar Jahren schon einmal wegen Giftmischerei verurteilt worden war, aber wegen ihres unumstrittenen Könnens glimpflich davongekommen war, war sie in der Wahl ihrer Kunden vorsichtig geworden.

„Ein Gift also?", fragte sie. Gewiss kannte sie jedes Gift. Selbst Nero hatte sich ihrer schon bedient, als er seinen Halbbruder Britannicus loswerden wollte. Doch konnte sie dieser Frau trauen? Erneut blickte sie in das Gesicht der jungen Frau. Calpurnias Gesicht zeigte grimmige Entschlossenheit. Locusta erkannte sofort, dass sich hinter dem schönen Gesicht der Fremden düstere Gedanken verbargen.

„Hast du ein solches?" Calpurnia hielt dem durchdringenden Blick der anderen stand. Das überzeugte Locusta davon, dass die Fremde zuverlässig war.

„Schnell und schmerzlos, sagst du?"

Calpurnia nickte abermals. „Je stärker es ist, und je weniger ich davon benötige, umso besser werde ich dich bezahlen." Unaufgefordert holte Calpurnia unter ihrem Umhang einen Beutel Sesterzen hervor. „Das wird wohl genügen, um erstklassige Dienste zu bezahlen."

Locustas Blick prüfte den Beutel einen Augenblick lang. Ihr geschultes Augen schätzte den Betrag. Dann nickte sie zufrieden.

„Setz dich. Es wird ungefähr eine halbe Stunde dauern."

Calpurnia ließ sich auf einem Holzschemel nieder und beobachtete die Gallierin interessiert dabei, wie sie verschiedene Mixturen vermengte und das Ergebnis schließlich in ein kleines Tongefäß füllte.

„Ein Tropfen davon genügt, um einen Ochsen zu töten", meinte sie, nachdem sie Calpurnia das Fläschchen gereicht hatte. „Geh vorsichtig damit um und vergiss, woher du es hast."

Fasziniert griff Calpurnia nach dem Gefäß, ließ es unter dem Umhang verschwinden, dankte der Alten flüchtig und verließ dann eiligen Schritts das Haus.

Noch immer peitschte der Regen durch die engen, schmutzigen Gassen, zuckten Blitze am Himmel auf, und das gelegentliche Dröhnen des Donners durchdrang die Stille der anbrechenden Nacht. Doch Calpurnia störte das Unwetter nicht, entsprach es doch ihrem eigenen inneren Gemütszustand. Auch in ihrem

135

Innern tobte ein Unwetter, das sich entladen musste, damit sie wenigstens für einige Zeit zu ihrer gewohnten Ruhe zurückfinden konnte.

Als sie schließlich wieder völlig durchnässt in ihrer Sänfte saß und sich von ihren Trägern nach Hause bringen ließ, zitterte sie am ganzen Körper. Wie ein in einen Käfig eingesperrtes, gequältes Tier fühlte sie sich, das nur durch den Tod seines Peinigers die Freiheit zurückerlangen konnte. Mit bebenden Fingern griff sie nach dem Tongefäß Locustas. Es zu betasten, wirkte beruhigend auf sie. Der Tod der kleinen Augusta würde ein weiterer Schritt in die langersehnte Freiheit sein. Schon darum musste sie es tun. Sie musste töten. Es war der einzige Sinn ihres Lebens.

Calpurnias Audienz bei Poppaea verlief zunächst kühler als gewohnt. Trotz der Geburt der kleinen Augusta nahm die Beliebtheit der Kaiserin beim Volk nicht zu. Dies lag nicht zuletzt auch an der Tatsache, dass Poppaea nach wie vor Kontakt zu den Kreisen pflegte, denen Calpurnia angehörte. Auch ihre offenkundige Unterstützung der beim Volk verhassten Juden wirkte sich auf Poppaeas Beliebtheit nicht gerade vorteilhaft aus.

Aus diesen Gründen hielt es die Kaiserin für angebracht, sich für einige Zeit von Leuten wie Calpurnia fernzuhalten, gab doch schon das Bekanntwerden der Tatsache, dass sie häufig ihre Liebhaber wechselte, dem Volk genügend Gesprächsstoff. Und das war etwas, worauf die Kaiserin nicht verzichten wollte und konnte.

„Ich hoffe, du verstehst es, Calpurnia. All dieser mehr oder weniger begründete Klatsch ist nicht gut für mich. Am Ende kommt noch das Gerücht auf, die kleine Augusta sei gar nicht Neros Tochter."

Nach einer kurzen Pause fügte sie nachdenklich hinzu: „Es ist nicht immer leicht, Kaiserin zu sein. Manchmal würde ich gern mit dir tauschen. Du kannst dir deine Männer jederzeit frei wählen. Ich hingegen muss bei allem, was ich tue, äußerst vorsichtig und diskret sein."

Calpurnia nickte verständnisvoll. „Ich verstehe deine Situation durchaus, Majestät. Du kannst sicher sein, dass ich dich durch meine Besuche nicht mehr kompromittieren werde. Ich kam auch heute nur, um dir zur Geburt der kleinen Augusta zu gratulieren und dir eine bescheidene Gabe zu überreichen. Ich hoffe, du findest sie nicht zu gering."

Calpurnia reichte Poppaea das kleine mit Elfenbeinschnitzereien verzierte Kistchen, das sie in der Hand gehalten hatte. Neugierig öffnete Poppaea es. Das darin enthaltene Goldgeschmeide erhellte ihren Blick.

„Was für ein wundervoller Schmuck", entfuhr es ihr verzückt. „Wahrhaft einer Königstochter würdig. Ich danke dir."

Einen Augenblick lang schaute Poppaea Calpurnia zögernd an. Dann jedoch siegte der Mutterstolz über all ihre Bedenken.

„Ich werde dir die Kleine zeigen. Du wirst mir gewiss zustimmen, dass sie für ihr Alter bereits Erstaunliches kann. Sie greift schon jetzt nach allem, was sie sieht, besonders natürlich, wenn es so herrlich glitzert wie dies hier."

An eine Sklavin gewandt, befahl sie: „Geh, sag der Amme, dass sie die Kleine herbringen soll."

Poppaea bemerkte das zufriedene Lächeln, das sich plötzlich auf Calpurnias Gesicht zeigte, nicht. Entzückt betrachtete sie den Goldschmuck, während sie nach dem Schmied fragte, der die Arbeit ausgeführt hatte. Erst als die Amme mit dem vier Monate alten Baby auf dem Arm ins Zimmer trat und sich vor der Kaiserin verneigte, konnte Poppaea den Blick von dem Geschmeide lösen. Voller Besitzerstolz nahm die Kaiserin der Amme das Kind ab und zeigte es Calpurnia.

„Sieh nur, wie sie sich bereits an allem festklammert, was sie in die Hände bekommt", meinte die Kaiserin, der kleinen Augusta die Halskette hinhaltend.

„Tatsächlich." Calpurnia verbarg ihre innere Anspannung geschickt hinter einem vielsagenden Lächeln. Sie wusste, dies war ihre erste und wahrscheinlich einzige Chance, den Plan auszuführen. Darum musste er gelingen.

„Einfach zu niedlich", sagte sie, Entzücken heuchelnd, während sie der Kleinen ihre beringte Hand zum Spielen reichte. Sofort versuchte die kleine Augusta, ihre Beute in den Mund zu stecken. Dabei streifte ein großer, in das Gift Locustas getauchter Stein eines der Ringe die Zunge des Kindes. Sekunden später zog Calpurnia ihre Hand zurück. Zufrieden mit dem Erreichten, meinte sie freundlich: „Man kann dich wirklich beneiden, Majestät. Du hast alles, was das Herz eines Menschen begehren kann."

„Fast alles", erwiderte Poppaea einschränkend. „Lege sie schlafen. Ich glaube, sie ist müde."

Die Amme verneigte sich gehorsam und verließ mit dem Kind auf dem Arm den Raum.

Auch Calpurnia erhob sich, um sich von der Kaiserin zu verabschieden.

„Ich danke dir für diese Gunst, die kleine Augusta sehen zu dürfen. Ich hoffe sehr, du wirst dich auch in Zukunft an mein Haus erinnern, wenn der Kaiser besondere Wünsche hat."

„Gewiss werde ich das, und nicht nur aus Freundschaft. Immerhin führst du das beste Haus in ganz Rom."

Dankbar verneigte sich Calpurnia und ging. Eilig schlüpfte sie durch die Gänge des Palasts, vorbei an den wachestehenden Prätoren. Erst als sie in ihrer Sänfte saß, fühlte sie sich sicher.

Es war geschehen. Sie hatte getan, was ihre innere Stimme ihr befohlen hatte. Doch glücklich war sie trotzdem nicht. Dem Wahn, töten zu müssen, würde erneut eine lange Zeit der Ängste und Depressionen folgen. Calpurnia kannte das nur zu genau, hatte sie das Gleiche doch schon einmal bei der Ermordung ihres Mannes durchlebt.

Noch während Calpurnia sich auf dem Heimweg befand, ging ein Schrei des Entsetzens durch das kaiserliche Kinderzimmer. Die kleine Augusta, der Stolz der kaiserlichen Familie, lag tot in der Wiege. Niemand konnte sich den plötzlichen, völlig überraschenden Tod der kleinen Kaisertochter erklären, niemand außer Calpurnia. Doch die saß, völlig in sich zusammengesunken, in ihrem Schlafgemach und konnte sich kaum noch an das, was sie getan hatte, erinnern. Sie wollte es nicht.

Der Schmerz des Kaisers über den Verlust der Tochter war grenzenlos. Schon bald nach dem tragischen Tod der kleinen Augusta entledigte er sich der letzten Hemmungen. Völlig dem zügellosen Leben verfallen, aß Nero nicht mehr, er fraß und wurde fett und aufgeschwemmt. Auch auf sexuellem Gebiet kannte er bald keine Grenzen mehr. Weder Frauen noch Männer waren vor ihm sicher. In jedem Bordell der Stadt, selbst im Lupanar, dem primitivsten Bordell Roms, verkehrte er als häufiger Gast. Seine bis dahin im privaten Kreis stattgefundenen Versuche, sich als Dichter, Sänger, Schauspieler und Wagenlenker zu etablieren, fanden nun in der Öffentlichkeit statt. Und das Volk liebte diesen Kaiser, der sich dazu herabließ, es zu unterhalten.

Ganz anders jedoch reagierte der römische Adel. Er war entsetzt. Doch das kümmerte Nero nicht. Sein größter Traum wurde es, einmal in seinem Leben nach Griechenland zu reisen und dort an den olympischen Spielen teilzunehmen.

Unterdessen machte Epicharis sich ernste Sorgen um den Gesundheitszustand ihres Schützlings. Sie ahnte, was Calpurnias anhaltende Depression hervorgerufen haben mochte, hatte sie die gleichen Symptome doch schon einmal an ihr erlebt. Doch was genau sie diesmal getan haben mochte, das wusste Epicharis nicht, mehr noch, sie fürchtete sich sogar davor, es jemals zu erfahren.

Auch Martianus entging der seltsame Stimmungswandel seiner Herrin nicht. Hatte sie ihn bislang ständig kontrolliert, so ließ sie ihm plötzlich in allem freie Hand. Auch wies sie alle Einladungen ihrer Liebhaber zurück, entschuldigte sich bei ihnen mit Krankheit. Teilnahmslos saß sie tagelang in ihrem Zimmer und starrte vor sich hin ins Leere. Erschreckt über die Apathie Calpurnias begann Martianus, sich um sie Sorgen zu machen.

Doch ebenso plötzlich, wie die Depression begonnen hatte, löste sie sich wieder in Wohlgefallen auf. Ursache dafür war eine Nachricht von Aron, die Calpurnia die gewohnte Aktivität zurückbrachte, ihren toten Körper mit neuem Leben füllte.

„Aron hat mir aufgetragen, dir zu sagen, dass er den Mann, den du suchst, gefunden habe", war der Wortlaut, den Martianus zu übermitteln hatte.

Konnte Martianus sich auf diese Mitteilung auch keinen Reim machen, so bedeutete sie für Calpurnia viel, wusste sie doch, dass sie mit der Gefangennahme des Sabinus Herr über das Schicksal Gaius Calpurnius Pisos und vieler seiner Freunde werden konnte. Ohne langes Zögern sandte sie zwei ihrer Sklaven aus, um Sabinus abzuholen und ihn in den im Keller ihres Hauses befindlichen Ergastulum zu bringen.

Dort angekettet harrte der Pirat der Dinge, die kommen würden. Er wusste, dass auf seine Ergreifung ein hohes Kopfgeld ausgesetzt war. Ebenso war ihm bekannt, dass es viele Menschen gab, die allen Grund hatten, ihn mit ihrem Hass zu verfolgen. Dass sein Leben verwirkt war, dessen war er sich sicher. Doch warum hatte man ihn hierhergebracht, in ein Privathaus, anstatt ihn den römischen Behörden zu übergeben? Dafür fand er keine rechte Erklärung. Noch wunderlicher wurde die Angelegenheit, als er drei Männer und eine Frau eintreten sah, von denen er jedoch niemanden kannte.

„Das ist er", sagte Calpurnia, sich an Piso wendend. „Quintus Sabinus, einer der gesuchtesten Freibeuter des Meeres."

„Wie konntest du ihn in deine Gewalt bringen?", fragte Piso ebenso überrascht wie skeptisch. Calpurnia lächelte vielsagend.

„Meine Beziehungen reichen weiter als der Arm der römischen Gerichtsbarkeit. Frage ihn nach dem Verbleib Livia Orestillas und ihrer Kinder. Er kennt die Antwort", forderte Calpurnia den Senator auf.

Noch immer zögernd blickte Piso zwischen Calpurnia und Sabinus hin und her. „Ist es wahr, dass du mir darüber Auskunft geben kannst?", fragte er schließlich.

Verbissen zogen sich die vom Meerwasser und der Sonne ausgetrockneten Lippen des Piraten zusammen. „Ich weiß nicht, wovon sie spricht", zischte er wütend.

Calpurnias Lächeln gefror zu Eis. Ihre grünen Augen verengten sich zu den Schlitzen eines Raubtiers.

„Das weißt du ganz genau, du Abschaum der Menschheit. Und ich schwöre dir, bevor die Sonne untergeht, wirst du gestanden haben. Spiculus, bring dieses Tier zum Sprechen."

Doch noch bevor Spiculus bereitwillig die Peitsche ergreifen konnte, schob Martianus ihn beiseite.

„Lass mich das tun, Herrin. Glaub mir, schon bald wird er singen wie ein Vögelchen."

Überrascht blickte Calpurnia Martianus an. Noch niemals zuvor hatte sie in seinen Augen mehr feurigen Eifer gesehen. Zustimmend nickte sie mit dem Kopf.

„Gut", sagte sie. „Tu mit ihm, was du willst. Brich ihm meinetwegen sämtliche seiner morschen, verrotteten Knochen. Doch lass ihn am Leben."

Schweigend beobachtete Piso, wie Martianus den Gefangenen an seinen Ketten emporzog, sodass er nur noch mit ausgestreckten Zehenspitzen den Boden erreichen konnte. Die Schläge, die wenige Augenblicke später auf ihn herniedersausten, waren ebenso kraftvoll wie unbarmherzig. Noch nie hatte Calpurnia Martianus so außer sich erlebt.

„Sprich, du räudiger Hund", zischte er, sich den Schweiß von der Stirn wischend.

Wieder einmal konnte Calpurnia nicht umhin, Martianus´ kräftigen, muskulösen Körper zu bewundern. Ebenso unabänderlich wie ihr Hass auf Nero war ihr eine unerklärliche Liebe zu diesem Mann. Und das, obwohl er niemals zu erkennen gegeben hatte, dass er ihre Gefühle auch nur ein bisschen erwiderte.

„Hör auf", unterbrach Spiculus Martianus schließlich. „Du bringst ihn ja um."

Erst ein Eimer Wasser brachte den Besinnungslosen wieder zum Bewusstsein.

„Wenn die Peitsche nicht hilft, versuchen wir es doch mal mit dem heißen Eisen", befahl Calpurnia kalt.

Angewidert wandte Piso sich ab. „Und wenn du dich irrst, Calpurnia. Wenn er unschuldig ist?"

Selbstsicher schüttelte Calpurnia den Kopf. „Er ist schuldig. Ich schwöre es dir", sagte sie fest.

Der Anblick des im Feuer erhitzten, zum Glühen gebrachten Eisens lehrte den störrischen Piraten schließlich doch das Fürchten. „Wenn ich rede, Herr, was wird dann aus mir?", wandte er sich an Piso, den er für das schwächste Glied seiner Peiniger hielt.

„Ich kann dir keine Versprechungen machen", entgegnete der Senator ausweichend. „Piraten erwartet in der Regel das Kreuz."

„Ein schneller Tod, Herr, und ich rede."

Zögernd nickte Piso. „Wenn ich mit deinen Antworten zufrieden bin", erwiderte er. „Rede also. Was weißt du über die Entführung Livia Orestillas und ihrer Kinder?"

„Das ist schon sehr lange her", entgegnete Sabinus ausweichend.

„Rede endlich", mahnte Piso zornig.

„Wir haben sie damals entführt und an Bord unseres Schiffes gebracht. Livia war bei der Entführung verwundet worden. Sie starb auf der Reise nach Delos."

„Sie starb?", flüsterte Piso erbleichend.

„Ja, Herr, an ihrer Wunde. Aber wir hätten sie ohnehin töten müssen."

„Und die Kinder?", fragte Piso bestürzt weiter.

Einen Augenblick lang zögerte Sabinus. Sollte er die Wahrheit sagen? Warum eigentlich nicht, hatte er doch nichts mehr zu verlieren.

„Die beiden älteren haben wir in Delons auf dem Sklavenmarkt verkauft. Den jüngeren wollte niemand haben. Wir haben ihn wieder mit an Bord genommen. Er war geschickt, und die Meeresluft tat seiner schwachen Gesundheit gut. Erst war er nur Küchenjunge, später Pirat. Vor zwei Jahren ist er in Alexandria gefasst und gehängt worden. Das ist alles, was ich weiß."

Schwankend setzte Piso sich auf einen Stein. All das Leid, das er längst vergessen zu haben glaubte, war erneut lebendig geworden. Seine Frau ermordet, sein Sohn als Pirat gehängt. Wie hatten die Götter das nur zulassen können?

„Es ist gut", stieß er bedrückt hervor. „Ich danke dir für all deine Mühe, Calpurnia. Du hast mir die nagende Ungewissheit genommen."

Siegessicher blickte Calpurnia auf die zusammengesunkene Gestalt des Senators. „Noch nicht ganz", meinte sie innerlich triumphierend. „Etwas musst du uns noch erzählen, du Hundesohn. Wer hat dir zu diesem Verbrechen den Auftrag gegeben?"

Misstrauisch, mit hasserfüllten Augen starrte Sabinus die Frau vor sich an. „Was tut das noch zur Sache?", fragte er grimmig. „Sie ist längst tot."

„Es ist die einzige Frage, an der ich wirklich interessiert bin", erwiderte Calpurnia. „Und der Senator ebenso."

Forschend blickte Sabinus zu Piso. Als dieser ihn ebenso gespannt wie Calpurnia anblickte, entgegnete er: „Gib mir dein Wort, dass ich schnell sterben werde."

„Sprich, Mann", zischte Piso ihn zornig an. „Einem Lumpen wie dir gebe ich mein Wort nicht. Aber vielleicht habe ich ein Einsehen."

Sabinus nickte verstehend. „Es war die Augusta Agrippina. Sie hat uns für die Entführung und Beseitigung der Gefangenen bezahlt."

Hasserfüllt starrte Piso den Piraten an.

„Und warum hat sie das getan?", forschte Calpurnia weiter.

145

Doch Piso hob abwehrend die Hand. „Das, Calpurnia, weiß ich auch ohne die Antwort dieser Ratte. Sie wollte weder Livia noch Titus. Sie wollte Marcus und Julia. Sie waren nicht meine Kinder, sondern die ihres Bruders Caligula. Durch ihre Herkunft waren sie eine Bedrohung ihres Sohnes Nero. Oh, wie ich sie hasse, diese verfluchte Schlange."

Beruhigend legte Calpurnia ihren Arm um Piso. „Komm, lass uns gehen. Und du, Martianus, schlage dieser Ratte den Kopf ab und lass die Leiche heute Nacht in den Tiber werfen."

„Nein", erwiderte Piso. „Er soll vor ein Gericht gestellt werden und seine Verbrechen dort gestehen."

„Und was wäre damit gewonnen? Es würde nur die Frage aufwerfen, wo die Kinder des Kaisers geblieben sind. Das wäre für niemanden gut", sagte Calpurnia. „Um Vergeltung zu erlangen, gibt es andere Wege."

Piso nickte. „Vielleicht hast du recht."

Triumphierend führte Calpurnia den gebrochenen Mann mit sich fort. Sie wusste, sie hatte gesiegt. Von nun an würde Piso ihr Werkzeug sein, würde er ihren Willen zu seinem machen.

Fassungslos blickte Martianus den beiden nach. Keiner hatte bemerkt, dass für ihn vor wenigen Augenblicken eine Welt zusammengebrochen war. Piso, wie oft er ihm in den letzten Jahren durch Calpurnia begegnete. Jedes Mal hatte ihm das Herz geblutet, war er in Versuchung geraten. Doch wer hätte ihm geglaubt. Wie hätte er beweisen sollen, dass er der war, der er vorgab zu sein. Man hätte ihn als Lügner und Betrüger bezeichnet. Nicht zuletzt deshalb war sein Stolz stets größer gewesen, hatte den Sieg davongetragen. Die Hoffnung, irgendwann wenigstens als freier Mann vor den Senator treten zu können und ihm zu sagen, dass er sein Sohn war, hatte sein Leben erfüllt. Doch nun hatte das grausame Schicksal ihm diese letzte Hoffnung genommen. Niemals würde er den Namen Piso tragen können. Piso war nicht sein Vater, war es nie gewesen. Tränen traten Martianus in die Augen. Wofür sollte er jetzt noch leben?

„Geh nur, Spiculus, den hier erledige ich allein." Mit diesen Worten schickte er den Freund fort.

Nur widerwillig folgte Spiculus, fühlte er doch deutlich die Gefühlsaufwallung des anderen. „Bist du sicher?"

Martianus nickte. „Ganz sicher", antwortete er. „Mit dieser Bestie werde ich allein fertig."

Nachdenklich verließ Spiculus das Kellergewölbe. Was mochte Martianus nur in solche Erregung versetzt haben? Er verstand den Freund immer weniger.

Nachdem Martianus mit dem gebundenen Piraten allein war, griff er zum Schwert. Mit einem einzigen zornigen Schlag trennte er dem Angeketteten die Hände vom Körper. Das entsetzte Aufstöhnen des anderen vergrößerte den Blutrausch in ihm noch.

„Das ist für meine Mutter, der für meinen Bruder und dieser für meine Schwester, die du zur Sklavin gemacht hast. Der ist für die Jahre, die ich als Gladiator leben musste, und der hier dafür, dass du endlich dein Leben aushauchst."

Am ganzen Körper bebend schaute Martianus auf den zerstückelten Körper des Piraten. Mit dem heutigen Tag war alle Hoffnung aus seinem Leben gewichen. Selbst wenn er irgendwann ein freier Mann sein würde, konnte er nicht mehr wagen, dem Senator unter die Augen zu treten. Hätte er es früher getan, solange er glaubte, dass Piso sein Vater war, wäre es etwas anderes gewesen. Doch bisher hatte ihn sein dummer Stolz und die Angst, als Betrüger zu gelten, davon abgehalten, als Sklave vor den Vater zu treten. Nun versperrte ihm sein Ehrgefühl für immer den Weg. Erschöpft ging er nach oben, um sich von dem Blut, das an seinen Händen und seiner Tunika klebte, zu befreien. Dabei sah er im Vorbeigehen Calpurnia durch die halb geöffnete Tür in ihrem Schlafgemach stehen. Neben ihr, auf dem Bett, saß die zusammengesunkene Gestalt Pisos. Von einem unerklärlichen Drang getrieben trat Martianus näher. Jetzt wollte er wissen, wollte erfahren, welche Interessen Calpurnia vertrat, welche Rolle sie in diesem Spiel übernehmen wollte. Woher stammte überhaupt ihr enormes Wissen über die so lange zurückliegende Affäre?

„Sprich offen, Calpurnia. Du hast diesen Mann doch nicht ohne Grund für mich ausfindig gemacht. Was willst du also? Welches Spiel spielst du mit mir?", fragte Piso geradeheraus, noch immer sichtlich niedergeschlagen.

„Du hast recht, Calpurnius. Ich tue nie etwas ohne Grund. Ich habe dir diesen Mann gebracht, damit du erkennst, welcher Abschaum unser Reich beherrscht. Der Sohn einer Mörderin, selbst ein grausamer Mutter- und Gattinenmörder, regiert das Imperium."

Piso nickte zustimmend. „Trotzdem verstehe ich noch immer nicht." Piso schaute Calpurnia forschend an. „Was willst du von mir?"

„Den Kopf Neros", entgegnete Calpurnia kalt. „Du bist ein einflussreicher Mann. Viele deines Standes hassen und verachten den Kaiser. Sammle sie um dich und töte Nero."

„Das ist doch nicht dein Ernst? Das ist Hochverrat ", stammelte Piso. Doch ein Blick in Calpurnias kalte, unbewegliche Miene belehrte ihn eines Besseren. „Doch, das ist dein Ernst", stellte er erstaunt fest. „Aber warum? Was liegt dir an Neros Kopf? Handelst du im Auftrag deiner Freundin Poppaea?"

„Nein", erwiderte Calpurnia ruhig. „Poppaea weiß von all dem nichts. Und außerdem ist sie nicht meine Freundin. Sie ist Mittel zum Zweck. Was mich dazu veranlasst, Neros Sturz zu wollen, ist ausschließlich meine private Angelegenheit. Fest steht, dass ich gute Gründe für mein Tun habe. Mehr kann ich dir nicht sagen. Vertraue mir. Oder lass es."

Piso zögerte. Calpurnia, die Frau, die er zu kennen und zu lieben glaubte, erschien ihm plötzlich völlig fremd.

„Es könnte doch sein, dass du mir eine Falle stellen willst. Fürchtet Nero sich vielleicht? Will er durch dich die Männer ausfindig machen, die seine Feinde sind? Es ist doch merkwürdig. Eine Freundin der Kaiserin will den Kaiser töten."

Belustigt über Pisos Misstrauen seufzte Calpurnia auf. „Hör zu, Calpurnius. Ich kam vor Jahren mit der festen Absicht nach Rom, Agrippina und Nero zu töten. Poppaea hat für mich die Ermordung Agrippinas übernommen. Und sie hat es fertiggebracht, das Ansehen des Kaisers beim Volk zu schmälern. Mehr habe ich nicht von ihr gewollt. Ihre Freundschaft ist nutzlos geworden. Um Nero zu töten,

149

brauche ich andere Freunde, Männer mit Verstand und Ehrgefühl."

„Ich verstehe noch immer nicht, warum dir Neros Tod so wichtig ist", entgegnete Piso noch immer misstrauisch.

„Das kann ich dir jetzt nicht sagen. Doch ich habe ebenso gute Gründe wie du, seinen Tod zu wollen. Glaube mir oder lass es. Vielleicht vergisst du die ganze Angelegenheit besser, und ich sehe mich nach anderen Helfern um."

„Du kannst auf mich zählen", sagte Piso nun doch überzeugt. „Doch wer käme für einen solchen Plan noch in Frage?"

„Versuche, Rufus für deine Pläne zu gewinnen. Als zweiter Befehlshaber der Prätoren hat er große Macht. Seine Feindschaft zu Tigellinus ist sehr nützlich. Die Furcht vor Tigellinus´ wachsendem Einfluss beim Kaiser wird ihn in unsere Arme treiben."

Piso starrte halb fasziniert, halb entsetzt in das entschlossene Gesicht Calpurnias.

„Du hast wohl schon sehr genaue Vorstellungen und Pläne?"

„Gewiss", entgegnet Calpurnia sachlich. „Nur so kann man etwas erreichen."

Piso erhob sich. „Ich werde jetzt gehen. Ich muss über alles in Ruhe nachdenken. Du hörst von mir."

„Einverstanden."

Flüchtig umarmte Piso Calpurnia. Dann verließ er eiligen Schritts das Haus.

Martianus, der sich rasch hinter einem Vorhang verbarg, um vom Senator nicht gesehen zu werden, trat gleich darauf wieder vorsichtig näher. Eine Zeitlang beobachtete er Calpurnia nachdenklich.

Unweigerlich fragte er sich, welches Spiel sie wohl in Wirklichkeit spielen mochte, auf welcher Seite sie tatsächlich stand. Wollte sie Piso und seine Freunde in eine Falle locken oder doch Neros Kopf? Doch ganz gleich, welche Absicht sie verfolgen mochte, nie war Martianus klarer zum Bewusstsein gekommen, welch faszinierende, unergründliche Frau sie war. Sie war weder mit den billigen Huren, die sie nach siegreichem Kampf zuweilen als Belohnung in die Zelle geschickt bekommen hatten, noch mit jenen vornehmen, reichen Römerinnen zu vergleichen, die viel Geld an den Aufseher der Gladiatoren gezahlt hatten, um eine Nacht mit einem von ihnen zu verbringen. Schweigend beobachtete er sie dabei, wie sie sich auf einen Stuhl setzte, ihr schwarzes Haar löste und es zu kämmen begann. Von einer magischen Kraft angezogen, der er nicht länger widerstehen konnte, trat er näher.

Erst als er unmittelbar hinter ihr stand, bemerkte Calpurnia ihn. Verwundert sah sie auf, erkannte seinen fordernden Blick, in dem nichts als bloßes Verlangen stand. Ein Schauder durchfuhr ihren Körper. Wie lange schon hatte sie sich nach diesem Augenblick gesehnt. Doch jetzt, da er gekommen war, fürchtete sie sich fast ein wenig davor. Sollte sie ihn empört abweisen, oder sollte sie ihm geben, wonach er verlangte?

Wortlos zog Martianus Calpurnia zu sich empor und löste die Schulterspange ihrer Tunika. Behutsam berührten seine Hände ihre Schultern, ihre Brüste, zogen sie schließlich in seine Arme. Als er in diesem Augenblick ihren großen grünen verängstigten Augen begegnete, wusste er, dass er hoffnungslos verloren war. Vergessen war, was sie war, wer sie war. Nur sie und er, das war alles, was in diesem Augenblick zählte, zwei Körper, die sich nacheinander sehnten. Als sein Mund den ihren berührte, spürte er, dass sie am ganzen Körper zitterte.

„Was ist?", fragte er ängstlich. „Wovor fürchtest du dich?"

Tränen traten in Calpurnias Augen. „Vor der Liebe, Martianus", flüsterte sie. „Vor der wirklichen Liebe, einer Liebe, die man nur einmal im Leben für einen anderen empfinden kann. Sie macht so verletzlich."

„Ich werde dich nie wieder verletzen. Das schwöre ich dir", hauchte er ihr ins Ohr, während er sie sanft, aber bestimmt aufs Bett drückte und sie sich beide ganz dem Rausch ihrer Gefühle überließen.

Noch lange danach lag Calpurnia eng an Martianus geschmiegt in seinem Arm. Wieder stiegen ihr Tränen in die Augen, rannen über ihre Wangen auf seine Brust.

„Warum weinst du?", fragte Martianus zärtlich.

„Es ist gewiss albern, aber das, was ich für dich empfinde, habe ich noch nie für einen Mann vor dir empfunden. Das musst du mir glauben. Bis heute habe ich nicht einmal geahnt, dass es so sein kann."

Lächelnd wischte ihr Martianus die Tränen aus dem Gesicht. „Ich auch nicht, Calpurnia, das schwöre ich dir bei Venus, der Göttin der Liebe."

Seit Tagen hatte in Rom glühende Hitze geherrscht, die das Leben in den Straßen fast völlig zum Erliegen gebracht hatte. Mit dem Sommer waren auch Gestank, Fieber und Seuchen in die Stadt zurückgekehrt.

Deshalb hatte der Kaiser seiner Hauptstadt für einige Tage den Rücken gekehrt und war in seine Sommerresidenz nach Antium geflüchtet. Was blieb, war ein brodelnder Hexenkessel, der unter der Hitze stöhnte.

Als an diesem Tag in den frühen Abendstunden vom Meer her eine leichte Brise aufzufrischen begann, atmeten die Bewohner der Stadt erleichtert auf. Der Wind versprach eine willkommene Abkühlung.

Matt rekelte Calpurnia sich auf ihrem Bett, während ihre Hand zärtlich über Martianus´ Brust strich. Immer wieder berührte sie dabei die vielen Narben, die seinen Körper zeichneten. Über ein Jahr war er nun schon ihr Liebhaber, und seither hatte sich ihr Leben entscheidend verändert. Andere Männer hatten für sie jede Bedeutung verloren. Seit sie mit Martianus zusammen war, konnte sie es sich nicht mehr vorstellen, sich noch einmal von einem anderen Mann berühren zu lassen. Mit eiserner Entschlossenheit sandte sie alle Geschenke neuer Verehrer zurück, auch wenn Epicharis diese Verschwendung oft ärgerte.

„Liebe den einen, aber schenke deine Gunst auch anderen. Was macht das schon?", meinte sie ständig.

Doch in diesem Punkt blieb Calpurnia unnachgiebig, denn sie liebte Martianus mit der gleichen ausschließlichen Intensität, mit der sie Nero hasste. Seit er neben ihr schlief, waren sogar ihre Alpträume gewichen. Martianus´ Liebe wirkte beruhigend auf sie, lähmte ihre Angst. Nur in Stunden, in denen sie allein war, kehrte ihre Angst manchmal zurück. Zu ihr gesellte sich dann ein Verdacht, der an ihrem Herzen fraß. Liebte Martianus sie vielleicht nur, um das zu bekommen, was er sich mehr als alles andere wünschte – die Freiheit? Die Furcht, dass er sie nicht genauso grenzenlos lieben könnte wie sie ihn, brachte sie immer wieder an den Rand des Wahnsinns. Doch sobald Martianus wieder in ihrer Nähe war, zerstreuten sich ihre Befürchtungen. Er musste sie lieben. Es konnte einfach gar nicht anders sein.

Lautlos erhob Calpurnia sich aus ihrem Bett. Es fiel ihr sichtlich schwer, sich aus dem trauten Zusammensein zu lösen.

„Es wird Zeit", meinte sie. „Ich werde meine Zofe rufen, damit sie mir bei der Toilette hilft."

Martianus hielt sie am Handgelenk zurück. „Geh nicht wieder zu Piso. Bitte, Calpurnia, lass die Finger von der Sache. Es ist einfach zu gefährlich."

Lächelnd schüttelte Calpurnia seine Hand ab. „Versteh doch, Martianus. Ich muss es tun. Ich werde keinen Frieden finden, bevor ich Nero nicht vernichtet habe. Und es werden immer mehr, die sich uns anschließen. Außer Rufus, dem zweiten Präfekten der Prätoren, haben sich Subrius Flavus, Sulpicius Asper, Cavius Silvanus, Statius Proxumes, Maximus Scaurus und Venetus Paulus von den Prätoren Piso angeschlossen. Und auch unter den Senatoren hat er Helfer gefunden wie Plautius Lateranus, Flavius Scaevinus und Africanus Quintanas."

„Und je mehr eingeweiht sind, desto gefährlicher wird die Sache", gab Martianus zu bedenken.

„Gewiss! Aber alles im Leben birgt ein Risiko. Und mein Risiko ist wohl am geringsten, denn aus irgendeinem mir unverständlichen Grund weigert Piso sich, mich mit den anderen zusammenzubringen. Er will mich und meinen Namen aus der Sache heraushalten."

„Vielleicht, weil er dich liebt", entgegnete Martianus, die Eifersucht unterdrückend.

Calpurnia schüttelte nachdenklich den Kopf. „Ich befürchte eher, er glaubt manchmal nicht an das Gelingen. Wenn die Verschwörung entdeckt wird, will er jemanden zurücklassen, der die Sache trotzdem zum Ende bringt."

Martianus blickte Calpurnia forschend an. Wieder einmal wurde ihm schmerzlich bewusst, wie sehr er diese Frau liebte, die, seit er sie näher kannte, auf ihn so ganz anders wirkte als früher. Wie zerbrechlich, wie verletzlich sie doch in ihrem Innern war, auch wenn sie stets versuchte, dies vor anderen zu verbergen.

„Warum hasst du den Kaiser eigentlich so sehr?", fragte Martianus geradeheraus. „Wenn ich das doch nur verstehen könnte."

„Vielleicht kommt der Tag, an dem ich dir meine Geschichte erzählen werde. Doch jetzt noch nicht, nicht bevor ich mein Ziel erreicht habe."

Es war die gleiche Antwort, die sie ihm stets auf seine Frage gab, und die Martianus ahnen ließ, dass sie zu einer übernatürlich großen Liebe ebenso fähig war wie zu einem übernatürlich großen Hass. In ihrem Innern verbarg sich ein Abgrund, vor dem er sich manchmal zu fürchten begann. Doch trotzdem liebte er sie, warum, wusste er manchmal selbst nicht genau.

„Wenn Piso dich dort heraushalten will, warum gehst du dann hin?"

„Weil ich wissen will, was besprochen wurde", sagte Calpurnia und fügte lächelnd hinzu: „Du bist

155

doch nicht etwa eifersüchtig, mein schöner Liebhaber?"

Martianus schluckte die in ihm aufkommende Bitterkeit hinunter. „Und wenn es so wäre?", fragte er mit gespielter Gleichmütigkeit.

„Dann wärst du ein Narr", erwiderte Calpurnia lachend. „Ich halte nichts von Schwüren, das weißt du. Aber solange ich dich liebe, dessen kannst du sicher sein, wird es in meinem Bett keinen anderen geben."

Martianus lächelte, obwohl die Bitterkeit noch immer nicht aus seinem Herzen weichen wollte. Wahrscheinlich liebte sie ihn wirklich. Doch ihre Liebe war ein Käfig, der ihm die letzte Hoffnung auf Freiheit geraubt hatte. Solange sie ihn wollte, würde sie ihn wohl niemals freigeben. Manchmal wusste Martianus darum nicht mehr, was er sich mehr wünschte, die Freiheit oder ihre Liebe. Beides jedenfalls konnte er nicht haben.

Als Calpurnia sich eine halbe Stunde später in ihrer Sänfte zum Haus des Gaius Calpurnius Piso tragen ließ, um sich über die Fortschritte des geplanten Attentats zu informieren, blickte Martianus ihr grübelnd nach. Was gäbe er darum, sie zu verstehen! Doch es war ihm einfach unmöglich, ihren Gedankengängen zu folgen. Vielleicht sollte er sich einfach damit abfinden, dass Calpurnia ihm auf ewig ein Rätsel bleiben würde. Zurück ins Atrium des Hauses tretend, bemerkte Martianus, dass der Wind zu einem Sturm geworden war. Ein merkwürdiger Brandgeruch erfüllte plötzlich die Luft. Wahrscheinlich trieb der Sturm den Geruch der Herdfeuer durch die Luft, überlegte Martianus.

Für einen Augenblick setzte er sich zu seinem Sohn, der im Atrium an einem Springbrunnen spielte. Dann entschloss er sich, im Arbeitszimmer die letzten Abrechnungen Arons zu überprüfen. Doch schon bald schob Martianus die Abrechnungen wieder beiseite. Eine seltsame Unruhe befiel ihn. Die Luft war plötzlich beißend, mit Rauch geschwängert. Und dann hörte er es auf der Straße. Von überall her erschall der Ruf: „Feuer! Feuer! Rom brennt!"

Von Entsetzen gepackt, stürzte Martianus auf die Straße hinaus. Wenige Augenblicke später standen Spiculus und Epicharis neben ihm.

„Wo brennt es denn?", versuchten Martianus und Spiculus aus den aufgescheuchten Menschen herauszubekommen. Doch die Antworten, die sie erhielten, waren ungenau und widersprachen sich oftmals.

„Wo ist Calpurnia?", fragte Epicharis ängstlich.

„Sie wollte zu Piso", erwiderte Martianus, angestrengt um sich blickend. Da entdeckte er es, Rauchschwaden, die vom Zirkus Maximus emporstiegen. Damit wurde die Ungewissheit zur Klarheit. Das Feuer musste bei den Buden der asiatischen Händler, die sich entlang des Zirkus erstreckten, ausgebrochen sein und sich innerhalb kurzer Zeit, vom Wind getrieben, auf den Zirkus und den Palatin ausgebreitet haben. Martianus′ Herz begann zu rasen. Befand sich das Haus Pisos nicht unweit des Palatins? Und war dort nicht Calpurnia? Ein Blick in Epicharis Augen sagte Martianus, dass sie die gleiche Befürchtung hegte.

„Spiculus." Martianus fasste den Freund bei der Schulter. „Führe alle im Haus aus der Stadt. Ein

157

solcher Brand kann leicht völlig außer Kontrolle geraten. Wenn der Wind sich dreht, kann er auch unser Viertel erfassen. Und du, Epicharis, pass auf meinen Sohn auf. Ich werde Calpurnia suchen gehen."

Martianus wollte sich auf den Weg machen, doch Spiculus hielt ihn zurück. Das Feuer hatte sich bereits derart ausgeweitet, dass es den Nachthimmel rot färbte.

„Tu das nicht", mahnte Spiculus. „es wäre sinnlos. In diesem Chaos wirst du sie nicht finden."

Doch Martianus befreite sich sanft, aber bestimmt aus Spiculus´ Umklammerung. „Ich muss sie suchen gehen."

„Auch, wenn es Selbstmord ist?"

„Auch dann", erwiderte Martianus fest.

Er wartete nicht, bis der letzte Sklave das Haus verlassen hatte, um sich außerhalb der Stadtmauer in Sicherheit zu bringen, sondern brach sofort auf.

Je näher er dem Brand kam, umso dichter wurden die Menschenmassen und das herrschende Chaos. Der eine Strom der Flüchtenden schob in die eine Richtung, der nächste in eine andere. Herabstürzende Balken versperrten immer wieder den Weg, begruben Menschen unter sich. Manche, die versuchten, ihre Habe zu retten, gingen mit ihrer Last in Flammen auf. Viele, die in den brennenden Häusern nach Angehörigen suchten, erstickten im giftigen Qualm.

Von panischer Angst gejagt drängte Martianus sich durch die Gassen. Doch seine suchenden Blicke fanden nichts. Unter den Flüchtenden konnte er Calpurnia nicht entdecken. Aber Martinaus wollte nicht aufgeben. Drängend und stoßend bahnte er sich seinen Weg. Ein herabstürzender Balken verletzte ihn am Arm. Martianus bemerkte es kaum. Sein Wille trieb ihn voran, ließ ihn schließlich das brennende Haus Pisos erreichen. Entschlossen stemmte er sich gegen die Tür. Sie war nicht verschlossen, gab sofort nach.

Martianus trat ein. Beißender Rauch schlug ihm entgegen, drang in seine Kehle. Suchend blickte er sich um. Von Zimmer zu Zimmer eilend, schwand seine Hoffnung immer mehr. Doch dann, draußen im Garten, wohin sie sich wohl geflüchtet haben mochte, um dem beißenden Rauch zu entfliehen, fand er sie. Verzweifelt versuchte sie etwas zu bewegen. Erleichtert eilte Martianus zu ihr.

„Den Göttern sei Dank, dir ist nichts geschehen. Komm schnell. Wir müssen fort von hier, bevor alle Fluchtwege versperrt sind. "

Calpurnias rauchgeschwärztes Gesicht strahlte Martianus erfreut an. „Du bist hier?", sagte sie halb überrascht, halb erleichtert.

„Ich habe dich gesucht", antwortete Martianus, sie an die Hand fassend. „Komm jetzt schnell. Wir dürfen keine Zeit verlieren."

„Gleich", entgegnete Calpurnia. „Vorher jedoch müssen wir ihn befreien. Wir dürfen ihn hier nicht liegen lassen."

Calpurnia deutete auf den zwischen herabgestürztem Gebälk eingeklemmten Senator, der das Bewusstsein verloren hatte. „Diese Feiglinge von Dienern sind auf und davon, als das Feuer das Haus erfasste. Sie haben ihren Herrn einfach hier liegen gelassen."

Martianus blickte auf das Gebälk, dann auf den leblosen Körper des Senators. „Lass es uns versuchen", meinte er, den ersten Balken beiseiteziehend. Dabei verfing sich sein um den Hals hängender Lederbeutel am Holz und zerriss. Calpurnia bückte sich danach und steckte das Säckchen in ihren Gürtel, während Martianus den nächsten Balken beiseite stemmte.

„Gleich haben wir es", keuchte er. „Ich hebe jetzt den letzten Balken an, und du versuchst, den Senator hervorzuziehen."

Calpurnia nickte. Doch erst beim dritten Versuch hatten sie es endlich geschafft, den Körper ganz frei zu bekommen. Martianus hob ihn auf, warf ihn sich über die Schulter, und zu dritt machten sie sich auf die Flucht.

Der Rückweg erwies sich als noch schwieriger. Immer wieder versperrten zusammengestürzte Häuser ihnen den Weg. Eingetroffene Rettungsmannschaften behinderten sich gegenseitig, machten das herrschende Chaos erst vollkommen. Verzweifelte Menschen, die ihre ganze Habe in den Flammen verloren hatten, stürzten sich allerorts ins Feuer. Wie es Calpurnia und Martianus trotz allem gelang, dem flammenden Inferno zu entrinnen, wussten sie selbst nicht recht. Keuchend vor Anstrengung, Hitze und Rauch ließen sie den Senator auf ein freies Feld sinken, das sie erreicht hatten. Erst jetzt wurden sie sich ganz der Gefahr bewusst, der sie entronnen waren.

„Du bist tatsächlich gekommen, um mich zu suchen. Damit hast du mir und Piso wahrscheinlich das Leben gerettet."

„Du Närrin hättest dich selbst in Sicherheit bringen sollen, anstatt bei ihm zu bleiben."

„Wie hätte ich ihn im Stich lassen können? Auf ihm ruht meine ganze Hoffnung."

Martianus schüttelte unwillig den Kopf. Wie sollte er diese Frau nur jemals verstehen? Lieber wäre sie gestorben, als ihre Hoffnung auf Rache zu begraben. Doch auch Martianus war froh, den Senator gerettet zu haben. Auch wenn er nicht sein Vater war, so war er trotz allem noch immer der Mann seiner Mutter gewesen. Und er war der einzige Mensch, der ihn noch mit seiner Vergangenheit verband, auch wenn er diese Vergangenheit besser vergessen sollte.

In den frühen Morgenstunden zeichnete sich deutlich ab, dass das Feuer die Via Lata verschonen würde. So kehrte Calpurnia in ihr Haus zurück. Nachdem sie und Martianus den verletzten Senator verbunden und zu Bett gebracht hatten, schickte Calpurnia Martianus fort.

„Ich brauche jetzt Ruhe. Der Schreck sitzt mir noch immer in allen Gliedern. Lass mich heute Nacht allein."

Martianus lächelte müde. „Sicher, Calpurnia, ruh dich aus."

Mit einem Kuss verabschiedete er sich vor der Tür. Erschöpft trat Calpurnia in ihr Schlafgemach, wusch ihr schmutziges Gesicht und löste dann den Gürtel, um sich zu entkleiden. Dabei fiel der von ihr aufgehobene und vergessene Beutel zu Boden. Müde hob sie ihn auf, um ihn auf ein Tischchen zu werfen. Doch sie verfehlte das Ziel, der Beutel stürzte erneut zu Boden, und sein Inhalt fiel heraus.

Calpurnia bückte sich danach, wollte gerade die kleine goldene Kette zurückstecken, als der sich daran befindliche Anhänger sie erstarren ließ. Fassungslos blickte sie auf das Wahrzeichen Roms, die Zwillinge Romulus und Remus, dann auf das im Unterteil eingravierte M. Am ganzen Körper bebend warf sie sich aufs Bett und überließ sich hemmungslos ihren Tränen.

„Oh, ihr grausamen Götter", stöhnte sie immer wieder auf. „Ich verfluche euch, euch alle."

Fünf Tage lang wütete der Brand in Rom. Als er am sechsten Tag endlich gelöscht werden konnte, waren von den vierzehn Verwaltungsbezirken der Stadt nur vier unversehrt geblieben. Sieben waren teilweise zerstört worden, während die Stadtbezirke Isis und Serapis, Palatin und Zirkus Maximus völlig zu Schutt und Asche verbrannt waren.

Obwohl der Kaiser sofort umfangreiche Hilfsmaßnahmen ergriff und sogar aus seinem persönlichen Vermögen Geld bereitstellte, um die Stadt so schnell wie möglich wiederaufzubauen, begann sich noch während des Brands ein Gerücht auszubreiten. Hatte Nero sich nicht kurz vor dem Brand dahingehend geäußert, dass er die Stadt hässlich und verbaut fände und sie darum neu erbauen wolle? Und kurz darauf war Rom in Flammen aufgegangen. Konnte das ein Zufall sein? Manche behaupteten sogar, während des Brands Soldaten gesehen zu haben, die in das ausgehende Feuer Fackeln warfen, andere sollten die Löschversuche behindert haben. War es möglich, dass der Kaiser den

162

Brand befohlen hatte? Obwohl es dafür keine eindeutigen Beweise gab, hielt sich das Gerücht hartnäckig.

Irgendwann konnten die Berater des Kaisers diesen Verdacht selbst vor Nero nicht mehr geheim halten. Und der Kaiser nahm die Neuigkeit ungewöhnlich gefasst und ruhig hin. Doch vergeblich rechnete er damit, dass das Gerücht ebenso schnell verstummen würde, wie es aufgekommen war. Schließlich war es Poppaea, die einen rettenden Einfall hatte.

„Finde einen anderen Schuldigen, den du dem Volk vorführen kannst. Dann wird es endlich Ruhe geben", riet sie dem Kaiser.

„Und an wen denkst du da?", fragte Nero.

Ein listiges Lächeln zeigte sich auf Poppaeas Gesicht. „Es muss jemand sein, der beim Volk ohnehin verhasst ist. Dann wird es gern daran glauben."

Zustimmend nickte Nero. „Aber wer könnte das sein?"

Wieder lächelte Poppaea. „Die Christen, mein Kaiser. Das Volk hasst sie, leugnen sie doch alles, was einem Römer heilig ist. Sie beten einen in Jerusalem Gekreuzigten an, reden von der Weltherrschaft, die sie in seinem Namen errichten wollen. Das ist Hochverrat. Außerdem sollen sie bei ihren geheimen Zusammenkünften Unzucht treiben und Neugeborene schlachten. Ihnen den Brand anzulasten, würde beim Volk viel Sympathie finden."

Einen Augenblick grübelte Nero nachdenklich, dann nickte er begeistert. Besser die Christen als er.

„Du bist tatsächlich die klügste Frau, der ich je begegnet bin. Wie sehr ich dich doch liebe."

163

Damit war die Sache beschlossen. Die Häscher des Kaisers schwärmten aus, um derer habhaft zu werden, die sich zum Christentum bekannten.

All dies nahm Calpurnia nur am Rande wahr, denn erneut hatte ein Schicksalsschlag ihr Inneres aufgewühlt, einen Sturm in ihr entfacht, den sie kaum noch zu bändigen vermochte.

Auch Martianus spürte die Veränderung, die mit Calpurnia vor sich ging. Aus ihrer einst so zärtlichen Liebe war eine verzweifelte Leidenschaft geworden. Immer häufiger schien sie die Zeit mit ihm so innig genießen zu wollen, als ob sie sich dem Ende zuneigen würde. Doch sobald er sie fragte, ob sie seiner überdrüssig sei, schüttelte sie nur verständnislos den Kopf. „Manchmal wünschte ich, es wäre so. Aber ich weiß genau, ich kann nicht von dir lassen. Niemals, solange ich lebe", antwortete sie stets. Dann schmiegte sie sich an seine Brust und begann, von wilder Verzweiflung gepeinigt, zu weinen. Wie nur sollte er diese Frau jemals verstehen, wurde sie ihm doch von Tag zu Tag fremder? Doch vielleicht war es gerade das, was ihn an ihr so reizte.

Das Einzige, was Calpurnia in dieser Zeit aufrechthielt, war der geplante Mord am Kaiser. Ihm widmete sie sich mit einer Leidenschaft, die Epicharis und Martianus, die ihre geheimen Pläne kannten, immer mehr erschreckte. Es schien fast so, als wäre der Gedanke, Nero zu ermorden, zu einer fixen Idee geworden. Von ihr war sie derart besessen, dass sie sogar ihren sonst klaren Blick für drohende Gefahr verlor.

Und so stürzte für Calpurnia völlig unerwartet eine Welt zusammen, als sie eines Tages von einem

Besuch in ihrem Haus an der Mulvischen Brücke zurückkehrte. Kreidebleich trat ihr Epicharis entgegen. Calpurnia sah der alten Freundin sofort an, dass etwas nicht stimmte.

„Was ist? Was ist passiert? Rede schon", fuhr sie Epicharis, von bösen Ahnungen gepackt, an.

„Die Soldaten waren hier. Sie haben Martianus und Spiculus verhaftet."

„Aus welchem Grund?", fragte Calpurnia entsetzt.

„Sie stehen im Verdacht, Christen zu sein."

„Christen?" Fassungslos starrte Calpurnia Epicharis an.

„Aber Martianus ist doch kein Christ", stotterte sie verwirrt.

„Das nicht", erwiderte Epicharis ruhig. „Aber er wird trotzdem als solcher verurteilt werden. Die Kaiserin hat ein gutes Gedächtnis, und man sagt ihr nach, dass sie sehr nachtragend und rachsüchtig sei."

Calpurnia nickte. Plötzlich sah sie klar. Wie hatte sie das nur vergessen können.

„Was soll ich jetzt tun?", schluchzte sie verzweifelt. „Ich muss Martianus dort herausholen."

Traurig schüttelte Epicharis den Kopf. „Das wird dir wohl kaum gelingen, mein Täubchen. Hinter wem sich die Tore des Gefängnisses einmal schließen, der ist so gut wie tot."

Zornig stieß Calpurnia Epicharis beiseite und stürzte auf ihr Schlafzimmer zu.

„Sag so etwas nie wieder", zischte sie zornig. „Es muss mir gelingen, denn sonst ist das Leben für mich sinnlos geworden."

Aufgebracht schlug Calpurnia die Tür hinter sich zu. Wie ein rasend gewordenes Raubtier lief sie die halbe

Nacht in ihrem Zimmer auf und ab. Erst im Morgengrauen wurde sie ruhiger. Ihre drückenden Kopfschmerzen schwanden, und ihre Gedanken begannen sich zu sammeln. Ihr kalter, nüchterner Verstand kehrte zurück.

Verbissen kniff sie die Mundwinkel zusammen. Ihr Gesicht verzog sich zu einer hasserfüllten Fratze.

Poppaea hatte ihr mit Martianus Verhaftung den Kampf angesagt. Sie sollte ihn haben. Nur weil sie wieder vom Kaiser ein Kind erwartete, brauchte sie noch lange nicht zu glauben, dass sie sicher war. Natürlich, es war ein Wettlauf mit der Zeit. Aber darüber durfte Calpurnia im Augenblick nicht nachdenken. Jetzt die Nerven zu verlieren, wäre der größte Fehler. Und doch konnte sie den Gedanken nicht völlig abschütteln, dass es möglich war, dass Martianus so wie die ersten verhafteten Christen enden könnte, ans Kreuz genagelt, als lebende Fackel den Garten des Palasts erhellend. Nein, das durfte nicht geschehen. Wenigstens Martianus musste sie retten, gab es doch für Spiculus schon keine Chance. Er war so erfüllt von seinem Glauben, dass er ihm niemals abschwören würde. Doch selbst um Martianus zu retten, blieb ihr nicht viel Zeit. Die nächsten Zirkusspiele würden in sechs Wochen stattfinden. Sechs Wochen also hatte sie, um Poppaea zu vernichten.

Es fiel ihr nicht schwer, den ersten Präfekten der Prätoren, Tigellinus, nach dem Kaiser der mächtigste Mann Roms, auf sich aufmerksam zu machen. Von dem wilden Verlangen erfasst, die stolzeste und wählerischste Hure Roms in sein Bett zu bekommen, war er schon seit einigen Tagen Stammgast in ihrem

Haus an der Mulvischen Brücke. Doch Calpurnia bot ihm stets nur eines ihrer Mädchen an. Sie selbst weigerte sich beharrlich.

„Sag mir, was ich tun muss, damit du mich erhörst?" Immer wieder stellte Tigellinus diese Frage, und immer wieder wich Calpurnia einer Antwort aus. Selbst dem Kaiser blieb das Leid seines schmachtenden Beraters nicht verborgen. Die Zurückweisung Tigellinus' amüsierte ihn so sehr, dass er ein Epos auf die unerhörte Liebe seines engsten Freundes schrieb und, neugierig geworden, Tigellinus auf seinem nächsten Besuch begleitete.

Überraschung heuchelnd, empfing Calpurnia den Kaiser mit allen Ehren. Sie schmeichelte ihm, indem sie interessiert seiner Dichtkunst lauschte, und so hatte Nero schon bald vergessen, dass er eigentlich Tigellinus' Werben unterstützen wollte. Als der Kaiser sich schließlich mit ihr zurückzog, war Calpurnia sich ihres Sieges gewiss.

„Oh göttlicher Kaiser", flüsterte sie, ihren schlanken Körper auf dem Ruhebett austreckend. „Niemals habe ich einen größeren Künstler in meinem Haus begrüßen dürfen. Dass dieser große Künstler gleichzeitig der Kaiser Roms ist, ist ein nicht zu übertreffender Glücksfall für das Reich."

„Ja, ja", stimmte Nero zu. „Leider gibt es nicht viele Menschen mit einem so feinen Kunstverstand, wie du ihn hast. Nicht alle treten meiner Kunst so vorurteilsfrei gegenüber. Selbst mein bester Freund Petronius hat es neulich gewagt, Kritik an einem meiner Werke zu üben."

„Der Neid eines Minderbegabten", entgegnete Calpurnia lächelnd. „Doch ein so großer Kaiser und

167

Künstler wie du steht doch gewiss über solch kleinlicher Missgunst."

Nero wog seinen schweren, stiernackigen Kopf hin und her. „Gewiss. Du hast wohl recht. Neid und Missgunst bestimmen das Trachten meiner Umgebung. Welch erbärmliche Kreaturen. Doch du bist anders. Du verstehst meine Kunst. Obwohl…" Nero verzog missvergnügt den Mund. „Eigentlich sollte ich dir zürnen. Warum hast du all die Einladungen, die ich dir vor Jahren sandte, zurückgewiesen?"

„Es war nicht mein Wille, mein Kaiser."

Calpurnias trauriges Gesicht ließ Nero nachfragen. „Wer könnte dich daran hindern, dem Wunsch des Kaisers Folge zu leisten?"

„Darüber, Erhabener, möchte ich nicht sprechen."

Doch Calpurnias Weigerung verstärkte Neros Neugier. „Ich befehle dir, sprich."

„Nun", antwortete Calpurnia vorsichtig. „Es war die Kaiserin, mein Herr. Sie drohte, mich umzubringen, sollte ich noch einmal deine Gesellschaft suchen."

„Poppaea!" Nero schaute Calpurnia belustigt an. „Gewiss", meinte er nachdenklich. „Es gibt nur wenige Frauen, die sie fürchten muss. Du bist eine davon. Du bist schön, geistreich, eine vollendete Verlockung. Arme Poppaea. Ich wusste gar nicht, dass sie eifersüchtig ist."

Calpurnia lächelte den Kaiser vielsagend an. „Ich hoffe, du verzeihst mir, dass ich es vorgezogen habe, mich dem Wunsch der Kaiserin zu beugen."

Halb verärgert über Poppaeas Einmischung, halb belustigt über ihre offensichtliche Eifersucht, brummte Nero: „Natürlich verzeihe ich dir. Doch von nun an werde ich es nicht länger dulden, dass sie dich von mir fernhält."

„Warum solltest du auch?", erwiderte Calpurnia herausfordernd. „Immerhin bist du der Kaiser, und die Kaiserin sucht sich ihr Vergnügen ja auch, wo es ihr gefällt."

Die Stirn des Kaisers zog sich in Falten. Calpurnia wurde plötzlich nur zu bewusst, auf welch gefährliches Spiel sie sich eingelassen hatte. Nur eine konnte daraus als Sieger hervorgehen, Poppaea oder sie.

„Wie kommst du auf solches?"

Calpurnias sanftmütiges, naives Lächeln verscheuchte Neros Misstrauen. „Ganz Rom weiß doch, wie häufig die Kaiserin ihre Liebhaber wechselt, so häufig sogar, dass böse Zungen behaupten…" Mitten im Satz brach Calpurnia ab. „Aber was rede ich da? All dies weiß deine Majestät gewiss, da sie es ja ganz offensichtlich duldet."

Einen Augenblick zögerte Nero, dann fragte er geradeheraus: „Was reden böse Zungen?"

„Das, mein Kaiser, möchte ich nicht wiederholen, da es doch offensichtlich nur dummes Zeug ist und du mir gewiss zürnen würdest."

„Trotzdem, ich befehle dir, rede."

Zögernd stieß Calpurnia hervor: „Nun, man erzählt sich, dass das Kind, das die Kaiserin erwartet, nicht deins sei. Aber wie schon gesagt, das ist alles nur dummes Gerede."

Nero schnaubte zornig auf. Wer wagte es da, seine Vaterschaft zu bezweifeln? Aber wenn es am Ende gar stimmte, wenn Poppaea? Das wäre nicht auszudenken. Nero begann, zu rechnen und zu überlegen, und je mehr er grübelte, umso unsicherer wurde er.

„Siehst du, jetzt habe ich dich verärgert, mein Kaiser."

„Nein, nein", wehrte Nero ab. „Wie du schon sagtest, alles dummes Gerede."

„Eben", stimmte Calpurnia zu, den bulligen Nacken des Kaisers streichelnd. Zärtlich begann ihre Hand über seinen Körper zu tanzen, bis sie unter seiner Tunika verschwand. Lüstern stöhnte der Kaiser auf, als ihr Mund sein Glied umfasste und es bis zum Unerträglichen reizte. Schließlich konnte Nero nicht länger an sich halten. Wie ein Besessener stürzte er sich auf Calpurnia. Mit gierigen Stößen nahm er sie, während sich seinem Mund winselnde Laute entrangen.

Calpurnia schloss die Augen, unterdrückte den aufkommenden Ekel. Sie musste es tun, musste es für Martianus über sich ergehen lassen.

In den frühen Morgenstunden endlich löste der Kaiser sich von ihr. „Welchen Preis verlangt die berühmteste Kurtisane Roms für ihre Dienste?", fragte Nero frohgelaunt. „Tigellinus, zahle ihr, was sie verlangt."

„Aber nein, Majestät", wehrte Calpurnia ab. „Deine Gunst ist eine solche Ehre. Sie ist Bezahlung genug."

Nero lächelte geschmeichelt. „Trotzdem werde ich nicht von dir gehen, bevor ich nicht gezahlt habe. Nenne mir also deinen Preis."

„Nun, wenn deine Majestät darauf besteht, so sollte es etwas sein, was deiner würdig ist."

„Gewiss, ein Kaiser zahlt immer besser als seine Untergebenen", meinte Nero, Tigellinus einen spöttischen Blick zuwerfend.

„Nun, mein Kaiser, dann bitte ich dich um Gerechtigkeit. Vor einiger Zeit ist mein Verwalter unter dem Verdacht, Christ zu sein, verhaftet worden. Lass ihm Gerechtigkeit widerfahren, denn er ist kein Christ, und ich vermisse seine Dienste sehr. Ich weiß, er wird wie jeder gute Römer vor deinem Standbild opfern, wenn man ihn dazu auffordert. Die Christen tun dies nicht."

Nero lächelte verschmitzt. „Tigellinus, du selbst wirst den Fall morgen untersuchen. Opfert er, wird er sofort freigelassen. Zufrieden, meine Schöne?"

„Ich danke meinem Kaiser für seinen untrüglichen Sinn für Gerechtigkeit."

Berauscht vom Wein schwankte Nero zur Tür.

„Das wird Poppaea gar nicht gefallen", zischte Tigellinus aufgebracht. „Du wirst einige Schwierigkeiten bekommen. Dann wirst du um meine Freundschaft noch betteln."

„Abwarten, teurer Tigellinus, abwarten", entgegnete Calpurnia kühl. Calpurnia wusste, dass das Gift, das sie Nero eingeträufelt hatte, seine Wirkung nicht verfehlen würde. Im Augenblick würde Poppaea ganz andere Sorgen haben.

Doch das, was sich in dieser Nacht zwischen Kaiser und Kaiserin noch ereignete, hatte Calpurnia nicht erwartet. Poppaea empfing den Kaiser mit Vorwürfen über sein langes Ausbleiben. Das steigerte Neros Zorn auf sie. Wütend warf er Poppaea zu Boden und schleuderte ihr seinen Verdacht ins Gesicht. Als sie,

171

getroffen von den Anschuldigungen, schwieg, begann Nero sie zu ohrfeigen.

Endlich begann sie sich zur Wehr zu setzen. Da traf sie ein heftiger Fußtritt des Kaisers in den Unterleib und schleuderte sie gegen eine Säule. Poppaeas Genick brach. Das Kind in ihr starb an den Folgen des Tritts.

Am Nachmittag kehrte Martianus, von Tigellinus begleitet, nach Hause zurück.

„Mein Kompliment", begrüßte Tigellinus Calpurnia. „Dass du eine verführerische Frau bist, das wusste ich. Doch nun ist mir klar geworden, dass du auch eine sehr gefährliche Frau bist. Ich glaube, ich habe dich unterschätzt. Doch das wird mir nicht noch einmal passieren. Das verspreche ich dir."

Calpurnia blickte ihm nachdenklich hinterher. Sie hatte seine Warnung durchaus verstanden.

Entgegen der römischen Sitte wurde Poppaeas Leichnam einbalsamiert, und Nero erhob seine verstorbene Gattin zur Göttin. Der Toten zu Ehren wurden dreitägige Zirkusspiele abgehalten.

„Geh nicht hin. Quäl dich nicht unnötig", bat Calpurnia Martianus.

Doch der ließ sich von seinem Vorhaben nicht abbringen.

„Versteh doch, Calpurnia. Ich muss hingehen. Wenigstens in der Stunde seines Todes will ich ihm nah sein. Er war mein Freund, der Einzige, den ich je hatte."

Calpurnia nickte wissend. „Dann geh. Doch glaub mir, ich beneide dich um diesen Weg nicht."

Als Martianus an diesem Abend von den Zirkusspielen zurückkehrte, schien alles Leben aus ihm gewichen. Schweigend saß er beim Essen, doch er brachte keinen Bissen hinunter. Calpurnia beobachtete mitleidig sein blasses, von Entsetzen gezeichnetes Gesicht. Doch sie fragte nicht, wartete geduldig, bis Martianus das Schweigen brach.

„Zweimal haben sie ihn in die Arena geschickt, gegen einen Stier und gegen einen Löwen. Beide Male blieb er Sieger. Als sie merkten, dass sie ihn auf diese Weise nicht töten konnten, schlugen sie ihn mit neun anderen ans Kreuz, errichteten darum einen Scheiterhaufen und entzündeten ihn. Die Menschen grölten vor Vergnügen. Doch die Zehn kümmerte das nicht. Sie sangen. Stell dir vor, sie gingen singend in den Tod. Erst als die Schmerzen unerträglich wurden, begannen sie zu schreien. Warum, Calpurnia, warum mussten sie sterben? Es waren friedliebende Menschen, die niemandem etwas zuleide getan hatten. Woran sie glaubten, war zwar verrückt, aber doch nicht schlecht oder schändlich."

„Nein", erwiderte Calpurnia bedrückt. „Sie waren keine Verbrecher. Doch vielleicht machte gerade das sie gefährlich. Heutzutage muss man sich der Schlechtigkeit seiner Umgebung anpassen, wenn man überleben will. Das Gute ist zum Sterben verurteilt."

„Genauso ist es", bestätigte Epicharis und fuhr an Calpurnia gewandt fort: „Darum sollten deine Freunde auch nicht länger zögern, sondern endlich handeln."

„Das werden sie schon, wenn die Zeit reif ist", erwiderte Calpurnia zuversichtlich.

„Und wann wird das sein?", fragte Epicharis zweifelnd. „Sie reden nur, doch sie handeln nicht."

173

„Was liegt dir auf ein Mal daran, sie handeln zu sehen?", fragte Calpurnia spöttisch. „Bisher hat dich der Plan, ein Attentat auf den Kaiser zu verüben, nicht sonderlich begeistert."

„Bisher, meine Liebe, hattest du auch keinen Feind namens Tigellinus. Er wird dich nicht zur Ruhe kommen lassen. Die einzige Möglichkeit, seinen Ränken zu entrinnen, ist, den Kaiser, der ihm diese Macht gibt, zu beseitigen."

Calpurnia lachte zwar belustigt über Epicharis´ Sorgen auf. Doch auch sie ahnte, dass sie in Tigellinus einen harten Widersacher gefunden hatte.

Neros Ersatz für seine Frau war ein stadtbekannter Homosexueller, der Poppaea ähnlichsah. Mit ihm ging der Kaiser öffentlich eine Ehe ein. Das löste erneut eine Welle der Empörung gegen den Kaiser aus.

Als die Verschwörer trotzdem noch immer nicht zum Handeln bereit waren, schloss sich Epicharis gegen den Willen Calpurnias ihnen an. Sie war es dann auch, die den Vorschlag machte, den einst bei Agrippina fehlgeschlagenen Versuch zu wiederholen und die Flotte zur Beseitigung des Kaisers heranzuziehen. Sie übernahm es sogar selbst, nach Misenum zu reisen, um dort Helfer für das Attentat zu finden. Ihre Wahl fiel auf Volusius Proeulus, der bereits in das Attentat auf Agrippina verstrickt gewesen war und als nicht kaisertreu galt. Doch Proeulus zog es nach einigem Überlegen vor, das Mordkomplott anzuzeigen, um sich dadurch die Gunst des Prinzeps zu sichern.

Epicharis wurde verhaftet und Proeulus gegenübergestellt. Da sie alles leugnete und es weiter keine Zeugen gab, hielt man sie zwar weiter gefangen, doch man schenkte dem Vorfall keine weitere Beachtung. Gaius Calpurnius Piso hingegen fasste dies als eindeutige Warnung auf. Jetzt mussten sie schnell handeln, wollten sie nicht Gefahr laufen, entdeckt zu werden.

„Sie haben sie zwar verhaftet. Doch sie haben keine Beweise", berichtete Piso Calpurnia.

Tränen traten in Calpurnias Augen. „Das hat sie für mich getan, ganz allein für mich. Ich bin daran schuld, dass sie jetzt im Gefängnis sitzt."

„Sie werden sie wieder gehen lassen müssen", versuchte Piso Calpurnia zu beruhigen. Doch es gelang ihm nicht. Tagelang sperrte sie sich in ihr Schlafgemach ein und ließ nicht einmal Martianus zu sich vor.

Die Wahl der Verschwörer, den Mord auszuführen, war auf Scaevinus gefallen. Er sollte dem Kaiser den tödlichen Dolchstoß versetzen, wenn er zur Eröffnung der Zirkusspiele zu Ehren der Göttin Ceres den Tempel betrat. Doch sein merkwürdiges Benehmen am Vorabend des Attentats ließ einen seiner Sklaven misstrauisch werden. Er ging zum Palast und zeigte seinen Herrn an. Scaevinus wurde festgenommen und verhört.

Von den Sklaven seines Hauses wurde in Erfahrung gebracht, dass Scaevinus sich in letzter Zeit des Öfteren mit Natalis zu geheimen Zusammenkünften getroffen habe. Auch Natalis wurde verhaftet. Beide wurden getrennt voneinander nach den Gründen für ihre geheimen Treffen befragt, und als sie sich in Widersprüche verstrickten, gab es keinen Zweifel mehr. Unter Androhung der Folter gaben sie weitere Namen preis.

Nero, von Entsetzen gepackt über das ungeahnte Ausmaß der Verschwörung, erinnerte sich plötzlich wieder an die Frau, die von Proeulus angezeigt worden war und noch immer in Untersuchungshaft saß. Unter Folter versuchte man, Epicharis weitere Namen von Verschwörern zu entlocken. Doch Epicharis schwieg hartnäckig. Niemals würde sie Calpurnia verraten. Was sollte sie aber tun? Einem zweiten Verhör, das wusste sie, würde sie nicht mehr gewachsen sein. Noch mehr Schmerzen konnte sie nicht ertragen. Schon jetzt war ihr Körper von Peitschenhieben und Brandwunden bedeckt. So sah Epicharis nur einen Ausweg. In der Nacht vor dem zweiten Verhör erhängte sie sich in ihrer Zelle.

Trotzdem wurden fast alle Verschwörer gefasst. Als Piso erkannte, dass es für ihn keinen Ausweg mehr gab, beging er Selbstmord. Damit entging er immerhin dem Schwert des Henkers.

Von Entsetzen und Grauen erfasst, blickte Calpurnia auf ihr Werk. So viele gute Männer Roms waren tot, hatten Selbstmord begangen oder waren hingerichtet worden, doch Nero lebte noch immer. Wie sollte sie das Unmögliche jetzt noch vollbringen? Nero lebte, und mächtiger als je zuvor stand Tigellinus an seiner Seite. Seine Befugnisse waren infolge des Anschlags ins Unermessliche gewachsen. Wer ihm in die Quere kam, starb. Unter seinen ersten Opfern befanden sich Seneca, der einstmalige Lehrer des Kaisers, und Petronius, ein enger Freund Neros. Daher überraschte es Calpurnia auch nicht, dass sie und Martianus ebenfalls eines Morgens verhaftet und eingekerkert wurden.

Tage verbrachte Calpurnia in einer dunklen Zelle, von Befürchtungen und Ängsten gepeinigt. Konnte es sein, dass einer der Verschwörer doch ihren Namen genannt hatte? Doch außer Piso hatte niemand von ihrer Verbindung zu den Verschwörern gewusst. Angespannt von der Grübelei, begannen Kopfschmerzen sie zu plagen, verwirrten ihre Gedanken. Oftmals konnte sie Wirklichkeit und Fantasie kaum noch auseinanderhalten. Dann wieder sah sie alles klar und deutlich vor sich, bis erneut Chaos in ihrem Kopf zu herrschen begann. Schließlich übermannte sie Gleichgültigkeit dem eigenen Schicksal gegenüber. Sollte Tigellinus mit ihr tun, was er wollte. Aber Martianus, Martianus musste sie retten. Bald bestimmte nur noch dieser Gedanke ihr Dasein. Martianus durfte sie nicht mit sich in den Abgrund reißen, war er doch die bessere Hälfte von ihnen.

Wie lange Calpurnia im Dunkel des Kerkers schmachtete, wusste sie nicht. Schon bald hatte sie jedes Gefühl für Zeit verloren. Doch irgendwann öffnete sich die schwere Kerkertür, und vor ihr stand Ofonius Tigellinus. Hämisch grinsend blickte er auf sie herab, erwartete er doch ganz offensichtlich, eine verzweifelte, gebrochene Frau vorzufinden. Diesen Triumph jedoch gönnte Calpurnia ihm nicht. Mit einer Kaltblütigkeit, zu der nur Wahnsinnige fähig sind, lächelte sie ihn an.

„Schau an, Tigellinus. Dachte ich mir doch gleich, dass ich dir dieses Luxusquartier zu verdanken habe."

„Wem sonst außer mir?"

Sein breites Grinsen ärgerte Calpurnia. Doch sie wusste, sie durfte sich von ihren Gefühlen jetzt nicht fortreißen lassen. Dies hier war ihre letzte Schlacht, und sie musste sie gewinnen.

„Darf ich fragen, welches Verbrechen man mir zur Last legt?", fragte sie kühl

Ihre nüchterne Sachlichkeit ärgerte und reizte Tigellinus gleichermaßen.

„Gewiss darfst du das wissen. Du stehst im Verdacht, an der Verschwörung gegen den Kaiser beteiligt gewesen zu sein."

„Und worauf gründet sich dieser Verdacht? Darf ich auch das wissen? Gibt es Beweise oder beruht alles nur auf Vermutungen?"

„Die an der Verschwörung beteiligte Epicharis war eine enge Freundin von dir."

„Stimmt", gab Calpurnia unumwunden zu.

„Da liegt die Annahme doch nahe, dass auch du in die Sache verstrickt warst. Auch deine Freundschaft zum Verräter Piso war stadtbekannt."

„Aber diese Freundschaft war ganz anderer Art."

„Nun, das wird sich herausstellen. Immerhin haben wir auch deinen Vertrauten Martianus in Gewahrsam genommen. Unter der Folter wird er schon reden."

Vergeblich bemühte sich Tigellinus, in Calpurnias Gesicht einen Anflug von Angst zu finden. Es war die gleiche undurchschaubare Maske wie eh und je. Verblüfft fragte er sich, woher diese Frau ihre Selbstbeherrschung nahm. Ganz Rom zitterte vor ihm, dem wahren Beherrscher des Weltreichs. Nur sie, die Frau, die er noch immer über alle Maßen begehrte, ihr konnte er keine Gefühlsregung entringen.

„Vielleicht möchtest du dabei sein, wenn wir mit der Befragung deines Sklaven beginnen."

178

Geringschätzig verzog Calpurnia die Mundwinkel. „Auf diese Weise, Tigellinus, wirst du mich nicht gewinnen."

„Habe ich dich nicht schon?", erwiderte Tigellinus verärgert. „Niemand kann mich jetzt noch daran hindern, dich hier und jetzt in Besitz zu nehmen."

„Gewiss nicht", spottete Calpurnia. „Doch das wäre ein Sieg, der deiner nicht würdig wäre. Du verlangst doch nicht nur nach meinem Körper, du verlangst vor allem nach mir, der Frau, die dir in jeder Weise ebenbürtig ist."

„Wenn ich nicht alles kriegen kann, nehme ich eben mit einem Teil vorlieb."

„Das, mein lieber Tigellinus, steht dir frei. Doch danach töte mich, so schnell du kannst, denn der nächste Dolch, den ich in die Hand bekomme, wird dich töten. Und das weißt du auch genau."

Zornig schnaubend verließ Tigellinus die Zelle. Doch einen Augenblick später besann er sich eines Besseren und kehrte zu Calpurnia zurück.

„Was willst du dafür, dass du mir ganz gehörst, mit Körper und Geist, du Hexe?"

Calpurnias Gesicht verzog sich zu einem zynischen Grinsen. „Lass Martianus gehen. Sorge dafür, dass er als freier Mann mit seinem Sohn die Stadt verlassen kann. Das ist alles, was ich fordere."

Verständnislos schüttelte Tigellinus den Kopf. „Was liegt dir nur an diesem Sklaven?", fragte er misstrauisch.

Doch Calpurnia lächelte nur geheimnisvoll. „Du kennst meine Bedingungen."

„Nun, verlass dich darauf, dass ich ihn sehr weit von Rom wegschicken werde. In Catala auf Sizilien ist der

Stadtpräfekt gestorben. Er hat mir die Vormundschaft für seine sechzehnjährige Tochter übertragen und die Verwaltung ihres Vermögens. Eine stattliche Summe, die ich gut brauchen kann. Nur, wie soll ich für das Mädchen ohne Mitgift einen Mann finden? Dieses Problem löst sich nun. Ich werde sie mit deinem Sklaven verheiraten. Damit ist jedem von uns gedient. Und außerdem reicht mein Arm jederzeit dorthin, solltest du dich nicht mehr an dein Versprechen gebunden fühlen."

Calpurnia nickte zustimmend. Sie war einverstanden.

Der Abschied von Martianus fiel ihr trotzdem schwer, auch wenn sie seit langem wusste, dass die Trennung von ihm die einzige Lösung für sie beide sein konnte.

„Versteh es doch, Martianus. Ich will, dass du lebst. Deswegen musst du mich verlassen."

„Und dich Tigellinus überlassen? Nein, Calpurnia, lieber sterbe ich."

„Rede nicht solch einen Unsinn, Martianus. Es wird für ihn ein bitterer Sieg. Mit mir wird die Furcht in sein Leben einziehen. Er wird den Tag, an dem er mir das erste Mal begegnete, noch verfluchen. Vertraue mir. Und denk auch an deinen Sohn. Was soll aus ihm werden, wenn du stirbst. Hier habe ich die Freibriefe für ihn und dich. Und dies ist die Besitzurkunde meines Landguts auf Sizilien. Es gehört dir. Das Gut wird dir und deiner Familie ein Auskommen sichern. Wir werden uns wiedersehen. Das weiß ich genau."

Martianus fügte sich zwar in das Unvermeidliche, doch glücklich war er darüber nicht. Obwohl er endlich, nach all den Jahren, die Fesseln der Sklaverei abgeschüttelt hatte, fühlte er sich trotzdem niedergeschlagen und gefangen. Ein Teil von ihm, das fühlte er, blieb in Rom zurück, bei der Frau, der er sein Glück verdankte und die den Preis dafür zahlen musste. Warum nur hatte sie das für ihn getan? Was war das nur für eine merkwürdige Liebe, die ihn vom ersten Tag an zu ihr hingezogen hatte, gegen die er angekämpft hatte und der er letztendlich doch erlegen war? Ja, er musste zu ihr zurückkehren, um das Rätsel endlich zu lösen.

Mit Martianus gingen Hoffnung und Liebe aus Calpurnias Leben. Was ihr blieb, war Trostlosigkeit. Die Kraft, die sie einst entschlossen und stark gemacht hatte, die gab es nicht mehr. Furcht und Verzweiflung waren an ihre Seite getreten, und immer häufiger fühlte Calpurnia in sich den Wunsch, ihrem Leben ein Ende zu setzen. Aber sie musste warten, wusste sie doch genau, dass ihre Stunde noch nicht gekommen war.

Tigellinus, von ihrem schwankenden Wesen zutiefst erschreckt und verunsichert, wandte ihr nach einem Jahr endgültig den Rücken zu. „Welcher Dämon hat mich nur dazu getrieben, dich zu lieben?", fragte er beim Gehen.

Calpurnia lachte hysterisch auf: „Der Dämon des Wahnsinns, mein Freund. Wusstest du das nicht, Tigellinus? Mein Vater war wahnsinnig, und ich habe diese Krankheit von ihm geerbt. Es ist schon ein sonderbares Gefühl zu wissen, dass man den Verstand verliert, dass man immer weiter die Kontrolle über sich und seine Gefühle einbüßt. Man kämpft dagegen an. Am Anfang glaubt man sogar, gewinnen zu können. Doch am Ende gibt man sich schließlich geschlagen."

Angeekelt stürmte Tigellinus aus dem Haus und kam nie wieder. Doch Calpurnia empfand über diesen Sieg keine Freude mehr. Ihr Zustand verschlechterte sich von Tag zu Tag, und bald gab es nur noch wenige Stunden, in denen sie bei klarem Verstand war. Nachts irrte sie ruhelos durchs Haus, gehetzt von den Gesichtern der Toten, die sie auf dem Gewissen hatte. Tagsüber fiel sie in einen leichten, traumlosen Schlaf. Schließlich gab sie ihr Haus an der Mulvischen Brücke auf. Ihre Vermögensverwaltung legte sie ganz in Arons Hände und setzte bei einem Rechtsgelehrten ihr Testament auf.

Doch nicht nur Calpurnia verfiel. Auch Neros Herrschaft geriet immer mehr ins Wanken. Sich auf eine Künstlertournee nach Griechenland begebend, begleitet von seiner neuen Frau Statilia Messalina, überließ er Tigellinus sämtliche Staatsgeschäfte. Als er sich endlich nach über einjähriger Abwesenheit auf den Heimweg begab, war sein Fall kaum noch aufzuhalten. Galba war von den römischen Heerführern bereits zum neuen Kaiser ausersehen worden. Doch noch zögerte er. Als sich Vindex in Gallien jedoch öffentlich gegen den Kaiser erhob, blieb Galba keine Wahl. Jetzt musste er sich entscheiden. War er für oder gegen Nero? Er wählte die Rebellion.

Damit schienen die Tage Neros gezählt. Mit seinen 108 Siegerkränzen aus Griechenland zurückgekehrt, fühlte sich der Kaiser der Situation nicht mehr gewachsen. Von bösen Vorahnungen erfüllt, forderte er vom Senat, Galba zum Staatsfeind zu erklären. Der Senat stimmte zu.

Eine Armee machte sich auf den Weg nach Gallien, um den Aufständischen Vindex zu unterwerfen. Doch trotz des errungenen Sieges war Neros Schicksal besiegelt.

Die Ereignisse überstürzten sich plötzlich. Der vom Kaiser neu ernannte Heerführer Rubrius Gallus schloss sich überraschend Galba an, und der Prätorenführer Nymphitus brachte die Prätoren dazu, Nero die Treue zu brechen, indem er ihnen vorgaukelte, der Kaiser sei nach Ägypten geflohen.

Allein und verlassen, nur noch umgeben von den Freigelassenen Phaon und Epaphroditus sowie seinem geliebten Sporus und seiner ersten Liebe Claudia Akte, sah Nero den Tatsachen ins Gesicht. Es blieb ihm nur noch ein Weg, der drohenden Schande zu entgehen. Er musste Selbstmord begehen. Doch so sehr er auch mit sich rang, er brachte den Mut dazu nicht auf. Von Ängsten gepeinigt floh er mit seinen letzten Getreuen auf das Landgut Phaons, wo er erfuhr, dass der Senat ihn zum Staatsfeind erklärt hatte. Doch noch immer brachte Nero nicht den Mut auf, selbst an sich Hand zu legen. Erst als er Pferde in den Hof einreiten hörte, stieß er sich in letzter Verzweiflung den Dolch in die Kehle.

Der Kaiser starb in einer ebenso stürmischen Nacht, wie Julia geboren worden war. Daran musste Calpurnia denken, als sie von Neros Tod erfuhr. Sein Schicksal hatte sich erfüllt, nun war es auch für sie Zeit, das ihre zu vollenden.

Sich dem Müßiggang überlassend, schlenderte sie durch ihr Haus, genoss das Plätschern des

Springbrunnens und den Duft der Blumen im Garten. Sie fühlte sich so frei wie schon lange nicht mehr. Sich des nahen Endes bewusst, erfüllte sie endlich Frieden, den sie so lange herbeigesehnt hatte. Geduldig wartete sie ab. Sie wusste, er würde kommen.

Und tatsächlich stand er eines Abends vor ihr. Calpurnia war es, als ob er nie fortgewesen wäre, so vertraut war ihr noch immer alles an ihm.

„Gut siehst du aus", meinte sie, ihn freudig umarmend. „Das Eheleben scheint dir zu bekommen."

„Auch du hast dich kaum verändert", schmeichelte Martianus, das Entsetzen, das ihr Anblick in ihm hervorgerufen hatte, verbergend.

Doch Calpurnia wusste nur zu genau, dass er log. Die letzten drei Jahre hatten sie alles gekostet, ihre Jugend, ihre Schönheit, ihre Gesundheit. Nur ihre Liebe zu ihm, sie war geblieben.

„Heuchler", sagte sie, ihm zärtlich übers Gesicht streichelnd. Dann erteilte sie den Befehl. „Bereitet alles für ein Festmahl vor. Der heutige Abend soll noch einmal uns gehören, so wie früher, Martianus. Bade und zieh dir saubere Gewänder an. Wir sehen uns im Speisesaal wieder."

Ohne Martianus die Gelegenheit zu einer Erwiderung zu geben, verschwand Calpurnia in ihren Gemächern. Sie genoss ihr Bad wie schon lange nicht mehr, ließ sich von einer Sklavin anschließend mit kostbarem Öl salben, in ihre schönsten Gewänder kleiden und ihren wertvollsten Schmuck anlegen. In den Kupferspiegel blickend, lächelte sie zufrieden. Heute Abend wollte sie noch einmal schön sein, zum letzten Mal in ihrem Leben.

Als sie in den Speisesaal trat, lag Martianus bereits auf einem Ruhebett ausgestreckt. Fast schweigend nahmen sie das Mahl ein und genossen den schweren roten Wein.

„Wie ist sie, deine Frau? Bist du glücklich mit ihr?“, brach Calpurnia schließlich das Schweigen, als zum Abschluss des Mahls Honigkuchen serviert wurde.

„Sie ist ein nettes Ding“, antwortete Martianus ausweichend.

Calpurnia spürte seine Verlegenheit und ahnte die Gründe dafür.

Martianus hatte sich in das Mädchen verliebt. Ruhig fragte sie weiter: „Habt ihr Kinder zusammen?“

Martianus nickte. „Einen Jungen und ein Mädchen, Zwillinge.“

„Zwillinge“? Ein Lächeln umspielte Calpurnias Mund, das ihr ihre Jugend für wenige Augenblicke zurückzugeben schien. „Du liebst sie, deine Frau, nicht wahr?“

„Ja“, gestand Martianus zögernd. „Ich wollte sie nicht lieben. Aber trotzdem ist es geschehen.“

„Und dennoch bist du zu mir zurückgekommen?“

„Ich musste. Es war ein Zwang, der mich zu dir zurücktrieb. Ich konnte dich einfach nicht vergessen.“

„Und das hat dich gequält, nicht wahr? Du wolltest von mir loskommen, aber du konntest nicht. Nun bist du hier, damit ich dir die wahre Freiheit gebe, die Freiheit des Geistes.“

Calpurnia seufzte leise, als Martianus ihrem forschenden Blick auszuweichen versuchte.

„Du bist frei, Marcus, Sohn der Livia Orestilla und des Kaisers Caligula, denn ich hatte niemals das Recht, dich so zu lieben, wie ich es tat.“

Fassungslos starrte Martianus sie an. „Das weißt du. Hast du es die ganze Zeit über gewusst?"

„Nicht die ganze Zeit über", antwortete Calpurnia. „Ich weiß es erst seit dem Brand Roms, als ich dies hier fand."

Calpurnia zog die einst gefundene Goldkette Martianus' aus ihrem Gürtel hervor. „Romulus und Remus, die Gründer Roms. Zwillinge!"

Verwirrt nahm Martianus die Kette in Empfang. „…aber woher konntest du wissen, dass…?" Mitten im Satz brach Martianus ab.

Lächelnd zog Calpurnia eine zweite Kette aus ihrem Gürtel hervor. „Die eine schenke deinem Sohn, und diese hier schenke deiner Tochter als Erinnerung an mich, mein Bruder."

Von Entsetzen gepackt starrte Martianus auf die zweite Kette, die mit seiner völlig identisch war, die jedoch anstelle eines Ms ein J trug.

Plötzlich fiel es ihm wie Schuppen von den Augen. Daher also hatte Calpurnia das Wissen genommen, das Piso letztendlich dazu veranlasst hatte, sich gegen Nero zu erheben. Und genau hier lag auch die Ursache für ihren abgrundtiefen Hass auf den Kaiser zu suchen.

„Julia", stotterte Martianus völlig außer sich. „Du bist Julia, meine Schwester. Oh, wie konnte ich nur so blind und dumm sein? Ich hätte es längst wissen müssen. Du bist Julia, meine Schwester."

„Nein", antwortete Calpurnia fest. „Julia ist schon lange tot, Martianus, gestorben in einem billigen Bordell in Antiochia. Aber aus ihr wurde Calpurnia geboren, eine böse, grausame, hasserfüllte Frau, die keine Skrupel kannte, die nur für ihre Rache lebte."

„Was redest du da?", fragte Martianus verständnislos. „Du wolltest den Kaiser töten, weil seine Mutter die Schuld an dem trug, was uns zugestoßen ist. Vielleicht war das nicht richtig, aber es war immerhin verständlich."

„Nero! Welche Ironie des Schicksals. Er ist nun auch ohne mein Zutun zugrunde gegangen. All die Verbrechen, die ich verursacht habe, um ihn zu vernichten, waren letztendlich sinnlos."

Verständnislos blickte Martianus sie an. „Welche Verbrechen? Wovon redest du?"

„Welche Verbrechen, fragst du? Wie ahnungslos du doch bist, mein Bruder. Ich will sie dir gestehen, denn das letzte bisschen, das dich noch an mich bindet, wird dadurch zerstört werden. In Antiochia heiratete ich einen reichen Römer, der mich liebte und anbetete. Ich brachte ihn um, damit ich frei über sein Vermögen verfügen konnte. Dies war die Grundlage meines Reichtums, den ich zu vermehren wusste. Dann tat ich alles, um ebenso berühmt wie berüchtigt zu werden, denn ich wusste, solche Frauen erregten das Aufsehen des Kaisers. Und schließlich wurde ich nach Rom eingeladen.

Hier angekommen, erschlich ich mir das Vertrauen Poppaeas, die auf mein Betreiben hin Agrippina und Octavia beseitigte. Ich dankte es ihr, indem ich die kleine Augusta vergiftete. Und letztendlich geht wohl auch Poppaeas Tod auf mein Konto. Ich träufelte dem Kaiser das Gift ein, das ihn dazu brachte, auf Poppaea einzuschlagen. Bis dahin lief alles perfekt. Doch dann scheiterte das von mir so sorgfältig eingefädelte Attentat, das die besten Männer Roms den Kopf kostete und dich und mich trennte. Doch ich will mich deswegen nicht beklagen, denn mich von dir zu lösen war vielleicht das einzig Gute, was ich in meinem Leben überhaupt getan habe."

„Du meinst, du hattest bei all diesen Todesfällen deine Hände im Spiel?" Ungläubig starrte Martianus seine Schwester an.

„Ja", antwortete Calpurnia fest.

„Aber das ist ja Wahnsinn."

„Wahnsinn, geerbt von einem Vater, der wahnsinnig war. Ja, Marcus, du hast es erkannt. Auch Caligula fühlte deutlich, dass er verrückt werden würde. Und ebenso erging es mir. Ich bin die Tochter meines Vaters, du der Sohn deiner Mutter. Es ist so gekommen, wie die Auguren es bei unserer Geburt vorausgesagt haben. Ich musste töten, um leben zu können. Es war wie ein Zwang. Und ich liebte dich mit der gleichen besessenen Liebe, mit der mein Vater seine Schwester Drusilla liebte. Selbst als ich wusste, dass du mein Bruder bist, konnte ich mich doch nicht von dieser Liebe lossagen. Wahrscheinlich hätte ich nie die Kraft dazu aufgebracht, wäre dein Leben nicht in Gefahr gewesen. Sei Tigellinus also dankbar. Er hat dich vor dem Abgrund bewahrt, der sich vor mir auftat."

„Das kann doch nicht sein, Julia, das glaube ich nicht."

Martianus wollte auf sie zugehen, doch ihre wild funkelnden grünen Augen hielten ihn zurück. Voll Entsetzen erkannte er die Wahrheit. Sie war tatsächlich wahnsinnig.

„Ich liebe dich, Martianus, bei allen Göttern Roms, ich liebe dich noch immer. Dir das zu sagen, darauf habe ich gewartet. Nun endlich werde ich Frieden finden. Das Dunkel des Todes wird mir meine Ängste für immer nehmen."

„Wovon redest du, Julia? Was ist los?"

Ein süßes, friedliches Lächeln huschte über Calpurnias Gesicht. „Mein Wein, Martianus, er war vergiftet. Ich werde sterben, denn es gibt für mich auf dieser Welt nichts mehr zu tun. Ich habe für meinen Hass gelebt. Doch Nero ist tot. Wen soll ich jetzt hassen?"

Ein Zittern erfasste Calpurnias Körper. Hilfesuchend streckte sie die Hand nach dem Bruder aus.

„Bevor du Rom verlässt, geh zu Aron. Er bewahrt mein Testament auf."

Martianus nickte. Tränen traten ihm in die Augen, als er den zierlichen schlanken Körper Calpurnias in die Arme schloss. Wie blind war er doch gewesen. Wenn er es nur früher geahnt hätte. Vielleicht?

Martianus verbot sich, weiter darüber nachzudenken. Fest umschlang er Calpurnias von Krämpfen geschüttelten Körper, aus dem langsam das Leben wich. Da hatte er nach all den Jahren seine Schwester wiedergefunden, um sie sogleich erneut zu verlieren. Wie grausam die Götter doch waren.

Calpurnia war tot, gestorben als das letzte Opfer in einer Kette von tragischen Todesfällen. Wieso und warum sie den Tod gewählt hatte, konnte Martianus nicht sagen, hatte er doch eigentlich nie verstanden, was in ihrem kranken Gehirn vor sich gegangen war. Vielleicht war sie des Lebens überdrüssig geworden. Vielleicht hatte sie sich vor sich selbst gefürchtet? Er würde es wohl niemals erfahren. Doch eins war für Martianus gewiss. Calpurnia war nicht nur schlecht

189

gewesen. Auch sie war nichts als ein Opfer der Umstände, in die sie hineingeboren worden war. Mit der Kaiserzeit waren endgültig Recht und Ordnung aus dem römischen Reich geschwunden. Tyrannei und Willkür hatten das römische Recht zugrunde gerichtet. Calpurnia hatte sich von diesem Strom mitreißen lassen, wohl in der festen Überzeugung, sich selbst zum Richter erheben zu dürfen. Sie hatte sich geirrt und war an diesem Irrtum zerbrochen. Nero hatte seine gerechte Strafe auch ohne ihr Zutun ereilt. Und selbst Tigellinus war von Galba der Selbstmord befohlen worden, denn den Vertrauten des Kaisers am Leben zu lassen, erschien ihm als zu gefährlich. Auf Dauer zahlte sich eben kein Verbrechen aus.

Es gab sie, jene höhere Macht, ob Gott oder Götter, welchen Namen man ihr auch geben mochte. Sie richtete über die Menschen mit unerbittlicher Strenge. Kein Verbrechen blieb ungesühnt. Vor ihr würde nun auch Calpurnia ihr Handeln verantworten müssen. Vielleicht fand sie Milde, da ihr Geist doch ganz offensichtlich verwirrt gewesen war. Martianus konnte es nur hoffen. Mehr blieb ihm nicht übrig.

Grübelnd hielt er den toten Körper der Schwester die ganze Nacht über in den Armen. Vergeblich versuchten Calpurnias Sklaven ihn von der Toten zu trennen. Wütend scheuchte er sie fort. Im Morgengrauen schließlich machte er sich mit der Toten auf dem Arm auf den Weg zum Marsfeld, wo er ihr von den Priestern einen Scheiterhaufen errichten und den Leichnam verbrennen ließ. Wenn sie auch tot war, so erfüllte Martianus doch das Wissen, dass ein Teil von ihr immer in ihm weiterleben würde. Niemals würde er sie ganz vergessen können.

Dann wandte er sich der Via Appia zu, die nach Süden führte, zurück nach Catala. Und zum ersten Mal seit über neunzehn Jahren, seit er von Piraten verschleppt worden war, fühlte er sich wirklich frei. Und mehr als dieses Gefühl der Freiheit und eine schreckliche Erinnerung wollte er auch nicht mitnehmen aus dem Sumpf der Stadt Rom.

Calpurnia – Er wollte versuchen, sie so im Gedächtnis zu behalten, wie er sie gekannt hatte, als eine Frau, die fähig gewesen war, selbstlos zu lieben und sich für einen anderen aufzuopfern. Schon deshalb konnte sie nicht schlecht gewesen sein.

Zu den Personen

Bis auf die fiktiven Figuren des Martianus und der Calpurnia sind alle Personen des Romans und die mit ihnen verbundenen Ereignisse authentisch.

Die Entführung der Livia Orestilla durch den Kaiser Caligula während ihrer Hochzeit mit Piso, mit der mein Roman beginnt, hat ebenso stattgefunden wie die anschließende Verbannung Pisos mit seiner Frau. Erst unter Kaiser Claudius durften die beiden nach Rom zurückkehren, wie auch eine andere berühmte Verbannte, Agrippina, die Tochter des Germanicus und Schwester Kaiser Caligulas. Agrippinas ganzer verbleibender Ehrgeiz zielte darauf hin, ihren Sohn Nero zum neuen Kaiser des römischen Imperiums zu machen. Nach der Hinrichtung der Kaiserin Messalina heiratete sie mit Genehmigung des römischen Senats ihren greisen Onkel Claudius. Kurze Zeit später adoptierte der bereits senile Kaiser Nero.

Im Jahr 59 ermordete Agrippina Claudius, nachdem sie vorher die Prätoren durch das Versprechen hoher Geldzahlungen auf ihre Seite gebracht hatte. Fortan führte sie für den jungen Kaiser die Regierungsgeschäfte.

Nero, den Verlockungen Poppaeas erlegen, beseitigte die beiden Frauen, die seiner Eheschließung mit der lasterhaften Poppaea im Weg standen, seine Mutter Agrippina und seine Ehefrau, die Claudiustochter Octavia.

Der Brand Roms im Jahr 64 wurde in christlicher Überlieferung Kaiser Nero angehaftet, wofür es bis heute jedoch keine stichhaltigen Beweise gibt. Fest steht hingegen, dass die Christen als Sündenbock dienten, um den Verdacht der Brandstiftung von Nero abzulenken. Die erste Christenverfolgung fand statt und wurde zur Grundlage späterer Verfolgungen.

Der Tod seiner vier Monaten alten Tochter und kurze Zeit später seiner erneut schwangeren Frau Poppaea brachten den labilen Kaiser völlig aus dem Gleichgewicht. Seinen homosexuellen Neigungen folgend, heiratete er öffentlich einen Mann namens Sporus, was die Römer ebenso schockierte wie Neros öffentliche Auftritte als Sänger und Schauspieler. In der zunehmenden Unbeliebtheit und Unberechenbarkeit Neros liegen die Ursachen für die lange geplante Pisonische Verschwörung, die aus Mitgliedern des römischen Adels und Heers hervorging. Ihrer Aufdeckung folgte unter Leitung Tigellinus´ eine Säuberungswelle ungeahnten Ausmaßes, der selbst der große Philosoph Seneca zum Opfer fiel.

Neros lange Abwesenheit in Griechenland, wo er an den Olympischen Spielen teilnahm und natürlich als Sieger hervorging, beschleunigte schließlich den Fall des Kaisers.

Mit dem Aufstand des Vindex in Gallien kam das Ende, obwohl die Schlacht gewonnen und der Aufstand niedergeschlagen wurde. Der Verlust der Macht war trotzdem nicht mehr aufzuhalten. Allein und verlassen beging Nero auf der Flucht Selbstmord.

Zeittafel

37 n. Chr. Tod Tiberius´, Caligula wird Kaiser, Nero wird in Antium geboren

39 n. Chr. Verbannung Agrippinas durch Caligula

41 n. Chr. Tod Caligulas, Claudius wird sein Nachfolger

48 n. Chr. Hinrichtung der Kaiserin Messalina

49 n. Chr. Kaiser Claudius heiratet Agrippina

50 n. Chr. Claudius adoptiert Nero

53 n. Chr. Nero heiratet Kaiser Claudius´ Tochter Octavia

54 n. Chr. Ermordung des Kaiser Claudius, Nero wird Kaiser

55 n. Chr. Ermordung des Britannicus (Sohn von Claudius und Messalina)

59 n. Chr. Ermordung Agrippinas

62 n. Chr. Scheidung von Octavia und Ermordung der Claudiustochter, Heirat mit Poppaea Sabina

63 n. Chr. Neros Tochter Augusta stirbt mit vier Monaten

64 n. Chr. Brand Roms, Verfolgung der Christen

65 n. Chr. Tod Poppaeas während ihrer zweiten Schwangerschaft, Aufdeckung der Pisonischen Verschwörung

66 n. Chr. Nero reist mit seiner neuen Frau Messalina nach Griechenland

67 n. Chr. Nero in Griechenland

68 n. Chr. Rückkehr Neros, Aufstand in Gallien durch Vindex, Selbstmord des Kaisers